クライブ・カッスラー
& ボイド・モリソン/著
伏見威蕃/訳

亡国の戦闘艦〈マローダー〉を撃破せよ!(上)

Marauder

扶桑社ミステリー
1572

MARAUDER (Vol. 1)
by Clive Cussler and Boyd Morrison

Japanese translation published by arrangement with
Peter Lampack Agency, Inc.
350 Fifth Avenue, Suite 5300, New York, NY 10118 USA
through Tuttle-Mori Agency, Inc., Tokyo

亡国の戦闘艦〈マローダー〉を撃破せよ！（上）

登場人物

ファン・カブリーヨ――〈コーポレーション〉会長。オレゴン号船長
マックス・ハンリー――〈コーポレーション〉社長。オレゴン号機関長
リンダ・ロス――〈コーポレーション〉副社長。オレゴン号作戦部長
エディー・セン――オレゴン号陸上作戦部長
エリック・ストーン――同航海長兼操舵手
フランクリン・リンカーン――同特殊部隊チーム指揮官
ハリ・カシム――同通信長
マーク・マーフィー――同砲雷長
ジュリア・ハックスリー――同医務長
ゴメス・アダムズ――同パイロット
マクド・ローレス、レイヴン・マロイ――同乗組員
アンガス・ポーク――元オーストラリア国防省上級アナリスト
エイプリル・チン――アンガスの妻。元オーストラリア海軍情報将校
リュ・イァン――死んだ大富豪。エイプリルの元継父
シルヴィア・チャァン――物理学者。マーフィーの異父妹
ボブ・パーソンズ――ホヴァークラフトの操縦士
ラングストン・オーヴァーホルト――CIA幹部

1

マラッカ海峡

オマール・ラハール船長は、狭隘《きょうあい》な海峡の穏やかな海を高速で航走している小さな船を目で追っていた。その船は、カリフォルニアに向かっているラハールのタンカー〈ダハール〉に、真正面から接近していた。速力がかなり出ているので、漁船ではない。無線で呼び出そうとしたが、応答はなかった。考えられることはひとつしかない。海賊だ。

双眼鏡を向けると、銃を携帯した男たちがこぼれ落ちんばかりに乗っているのが見えたが、回避することはできない。〈ダハール〉は全長が三〇〇メートルを超えているが、マレーシアとインドネシアのスマトラ島のあいだを通っているマラッカ海峡のもっとも狭いところは幅が三キロメートルしかない。動きの鈍いタンカーが方向転換するのは不可能だし、衝突させようとしても、海賊のスピードボートはあっさりとよけるだろう。

「全速力に増速」それでも、ラハールは一等航海士に命じた。「〈ダハール〉を簡単なターゲットにはしない」たとえ海が凪《な》いでいても、〈ダハール〉のような巨船が狭い水域で高速航行するのは危険だが、なにも手を打たずにあっさりと海賊が乗り込むようなことは避けたかった。

一等航海士が前進全速を命じると、ラハールは船内放送のスイッチを入れた。「よく聞け、みんな。船首前方に敵性の船がいる。武装し、乗り込もうとしている。緊急《ロック》封鎖《ダウン》を行ない、それぞれの行動部署へ行け。戦おうとしてはならない。くりかえす、抵抗するな」自分が指揮する乗組員を死なせたくなかった。

スピードボートが〈ダハール〉の船首の蔭《かげ》にはいり、見えなくなった。ラハールは左舷《さげん》張り出し甲板《かんぱん》に出て、舷側《げんそく》の上からその船を見ようとした。

スピードボートが視野にはいり、自動小銃で武装したTシャツ姿の男七人が見分けられた。小さな操舵室《そうだ》のルーフに隠れて見えないが、もうひとりが操船しているにちがいない。タンカーの速力に合わせるために、スピードボートは輪を描いていた。伸縮する梯子《はしご》を持っている男を、ラハールはちらりと見た。

ラハールは、一等航海士に向かって叫んだ。「船舶警報装置《SSAS》を作動しろ」

一等航海士がカバーをあけて、大きな赤いボタンを押した。SSASは船舶《せんぱく》の運航基地に接続している無音の警報で、船に対する襲撃が進行中であることを伝える。乗り込もうとしている連中に知られることなく、救助を呼ぶことができる。

数秒後に、船橋《ブリッジ》の電話が鳴った。ラハールは受話器を取った。

「こちらは〈ダハール〉のラハール船長」

「船長、こちらは運航本部だ。確認のために電話している。緊急事態が起きているんだな？」

「そうだ。これは誤報ではない」ラハールは、認証のための文字列を告げた。「武装した男七人か八人が、本船に乗り込もうとしている」

「わかった。そちらの位置はわかっているし、マレーシア海上法令執行庁《MMEA》とインドネシア沿岸警備隊に連絡する。できるだけ長く、この電話をつないだままにしろ。救援してくれそうな船が近くにいないか？」

「レーダーになにか映っているか？」ラハールは一等航海士にきいた。

一等航海士がレーダー画面を見て、がっかりした顔で首をふった。「いちばん近いのは、後方三〇キロメートルの貨物船らしき船です」

「たとえわれわれが停船しても、それが追いつくのは二時間後だな」ラハールは首をふり、電話の相手にきいた。「沿岸警備隊の到着予定時刻《ETA》は？」

「マレーシア海上法令執行庁がジョホールからヘリコプターを緊急発進させている。九十分後に到着するはずだ。落ち着いて、抵抗するな。救助が向かっている」

ラハールは、一等航海士に薄笑いを向けた。「〝救助が向かっている〟そうだ」

「早く来てもらわないと」一等航海士が、甲板のほうを指差した。

梯子のてっぺんが、手摺《てすり》の上に突き出していた。ラハールは受話器を置いて、ふたたび張り出し甲板《ウイング》へ走っていった。抵抗があった場合に備えて、海賊数人が手摺に銃の狙《ねら》いをつけ、あとのものが梯子を昇ってきた。数人は銃にくわえ、大きなバックパックを背負っていた。七人が甲板にあがると、全員で船尾寄りの上部構造に向けて走ってきた。

ラハールは受話器をつかんだ。「本部、もう切らないといけない。敵がブリッジに近づいてくる」

「幸運を祈る、船長」

ラハールは、ブリッジにいる乗組員の手前、落ち着いているように見せていたが、心のなかではガタガタふるえていた。これほど恐ろしい思いをするのは、イラクが母国クウェートに侵攻したとき以来だった。当時、ラハールはティーンエイジャーで、漁船に乗り組んでいた。

ほどなく階段を昇る足音が聞こえた。

「急な動きはするな」ラハールは、乗組員に命じた。

出入口がぱっとあき、東南アジア人三人が銃を構えてブリッジに跳び込んできた。

「撃つな」ラハールは英語でいい、両手を挙げた。「われわれは武器を持っていない」

引き締まった体格の痩《や》せた男が、脅《おど》しつけるような薄笑いを浮かべてはいってきた。左耳がなく、傷痕《きずあと》の残る肉がそこに盛りあがっている。薬物をやっているせいで虫歯だらけになっている海の盗賊のたぐいではなかった。訓練を受けているプロフェッショナルにちがいない。

「おまえがラハール船長だな？」男が、インドネシアなまりのアラビア語でいった。

「そうだ」ラハールは、名前を知られているのに驚きながら、アラビア語で答えた。

「なにがほしい？」

「おまえの船だ。もうもらった」

「乗組員は？」

男の部下のひとりが、操舵制御盤に近づき、機関室伝令器《エンジン・テレグラフ》を停止の位置に入れた。

「おまえも乗組員も、おとなしくしていれば、おれといっしょに救命艇で船から離れられるようにしてやる。おまえたちを人質にする。身代金をだれも払わなかったら、皆殺しにする」

ラハールはうなずいた。「いうことをきく。会社が身代金を払ってくれるだろう」

「それはいい」傷痕のあるシージャック犯がいった。「なぜなら、おまえたちが手間をかけるようなら、十五人全員をこの船に置き去りにするつもりだったからだ。その場合、おれたちがこの船を爆破したときに、おまえたちは船もろとも海峡の底に沈むことになる」

2

オーストラリア、レイヴンホール

エイプリル・チンは、レイヴンホール矯正《きょうせい》センターの駐車場で待つあいだ、おんぼろのフォードのまわりを歩いていた。午前中の太陽でアスファルト舗装がすでに熱く灼《や》けていたが、こういう刑務所の扉は二度と通りたくなかった。エイプリルは三年のあいだ、毎週ここを訪れていたし、刑務所内の殺伐《さつばつ》とした白い壁は、自分が二年間服役していたデイム・フィリス・フロスト・センター（女性刑務所。デイム・フィリス・フロストは、オーストラリアの福祉事業家）を思い出させた。またそこへはいっていくと思うだけで、苦いものが喉にこみあげる。

レイヴンホール矯正センターの正面出入口の扉がようやくあき、アンガス・ポークが冷酷非情な目つきでそりかえって歩いてくるのを見たとき、エイプリルは笑みを浮かべた。直立した姿勢と短く刈った髪でいかにも軍人らしいが、薄い顎鬚《あごひげ》がそれを台無しにしていた。ジーンズときつめのTシャツが、毎日の中庭での筋トレで鍛えた体を際立たせている。もともと長身なので、いっそうたくましく見える。待っていた妻の姿を見て、ポークの表情が和らぎ、満面の笑みが浮かんだ。

エイプリルがポークに近づき、腕のなかに溶け込んだ。ポークが、彼女の体を軽々と持ちあげた。

「軽くなったな」ポークがいった。

「朝のランニングで肥《ふと》らないようにしてるし、ひとりのときは軽い食事にする」

エイプリルは、細身で筋肉質だった。まっすぐな黒髪はショートにして、細面《ほそおもて》と探るような黒い目が際立っていた。

ポークと長いキスをしたあとで、エイプリルはいった。「よく出所できたわね」

「ようやく自由の身だ。最近気に入ってる言葉でいえば――〝早期解放〟だ。なかで行儀よくしてた見返りだな」ふたりは抱き合ったまま、車に向かった。「迎えに来てくれてありがとう」ポークはいった。「家に帰ったらほっとするだろう……どこに家があるにせよ」

「わたしたちのフラットよりも監房のほうがましだと思うかもしれない。鳥籠《とりかご》みたいに狭いのよ」

「おまえがいれば、宮殿みたいに思えるさ」車のところまで行くと、ふたりは足をとめた。「なんとか暮らしてきたんだな？」

「正直いって、お金には困ってた。だれだって、政府を裏切った前科者は雇いたくない。フリーランスの翻訳の仕事を見つけたけど、生活費を稼ぐのがやっとだった」

「前の雇い主からの支援は？」

エイプリルは首をふった。「音沙汰《おとさた》なしよ」

「ひでえな。軍を辞めて小さなビジネスをはじめた昔の仲間がいる。自分たちでなんとかするまで、そいつがすこし仕事をまわしてくれるだろう」ポークは、車のボンネットを叩《たた》いた。「運転してもいいか？　運転できなくてちょっと淋《さみ》しかった」

エイプリルが車のキーを渡す前に、リムジンが駐車場にはいってきて、ふたりにゆっくりと近づいた。

「おや、ムショからかっこよく出ていくやつもいるんだな」ポークはいった。

リムジンが目の前にとまったので、エイプリルはびっくりした。お抱え運転手がおりてきて、注文仕立てのピンストライプのスーツを着た男のために、リアドアをあけた。弁護士にちがいない。エイプリルはこれまでに弁護士を何人も見ているので、すぐに見分けがついた。

男が名刺を差し出した。「ポークさん、チンさん、わたしはウィリアム・キャンベルです」

ふたりの名前を確認しなかった。わかっているからだ。

「どういうことだ?」名刺を受け取ったポークがきいた。

「わたしはリュ・イァンの遺産を管理しています。乗ってくれませんか?」リムジンに乗るよう、ふたりを促した。

「リュ・イァンの〝遺産〟といったの?」エイプリルがきいた。

「そうです。残念ですが、彼は先ごろ亡くなりました」

エイプリルとポークは、びっくりして顔を見合わせた。

「あいにくここで詳しい話をすることはできません」キャンベルがいった。「ですが、これはあなたがたの犯罪問題とは無関係だと断言します。それどころか、わたしたちの話し合いはきわめて大きな利益をもたらすと思いますよ」

エイプリルがおんぼろのフォードのピックアップトラックに目を向けると、キャンベルがいった。「もしよければ、中古車屋へ牽引《けんいん》していって売りますよ。私たちのビジネスがまとまれば、いらなくなるでしょう。あるいは、わたしの事務所まであれで行ってもいいですが、リムジンのほうが快適でしょう」

エイプリルとポークは、あたりを見まわした。ふたりのこれまでのリュ・イァンとの取引はつねに厳重に秘密にされ、第三者を介していた。リムジンをよこして刑務所の正面で乗せるというのは、これまでの流儀に反している。だが、リュは死んだのだ。エイプリルとポークは、リムジンに乗り、キャンベルと向き合って贅沢《ぜいたく》な革のシートに座った。

リムジンが走り出すと、ポークはエイプリルのほうに身を乗り出した。「リュ・イァンが病気だというのを知っていたか？」

エイプリルは首をふった。エイプリルの母はＩＴ業界の大物の中国人リュ・イァンと十年間結婚していたが、リュが巨額の富を築いたのは、離婚後だった。だが、リュはエイプリルの母親をずっと援助し、エイプリルのことも遠くから支援して、自分が利用できるようになるまで技倆《ぎりょう》を磨かせた。

「いつ死んだの？」エイプリルは、キャンベルにきいた。

「数日前に悲劇的な死を遂《と》げました。メルボルンに着いたら、もっと詳しく話します」

エイプリルはポークの顔を見て、期待に満ちた目つきをしているのに気づいた。やはり、これがなにを意味するかを知っているのだ。

リュ・イァンの遺言状の読みあげに立ち会うことになるにちがいない。

メルボルン中心街まで三十分かかり、輝かしい高層ビルの前にリムジンがとまった。一行はエレベーターで三十階に運ばれた。キャンベルがふたりを豪華な会議室に案内した。街のスカイラインが一望できる。キャンベルがボタンをひとつ押すと、壁のパネルが折りたたまれ、巨大なモニターが現われた。

「どうぞ」キャンベルが、マホガニーの会議テーブルに沿って置いてある椅子《いす》を示した。氷入りの水のピッチャーとグラス数客が、用意してあった。キャンベルが、リモコンと封をして宛名《あてな》が書いてある封筒を、エイプリルに渡した。「わたしが出ていったら、再生ボタンを押してください。暗証番号を要求されますが、封筒のなかにあります」

「遺言状を読むんじゃないのか?」ポークがきいた。

「ちがいます。動画がすべてを説明してくれます」

キャンベルがうなずき、出ていってドアを閉めた。

ポークは、エイプリルのほうを向いていった。「いったいどうなってるんだ?」

「たしかめましょう」エイプリルは封筒をあけて、メモカードを出した。十六桁《けた》の番号が手書きされているだけだった。エイプリルはリモコンの再生ボタンを押し、暗証番号を入力した。

それによって、優雅なオフィスの映像が画面に現われた。その中央に、デスクに向《む》かって座っているリュ・イァンがいた。リュの姿を見て、エイプリルははっと息を呑《の》んだが、記憶に残っている、いかめしく力強い、しつけに厳しい男ではなくなっていることが、すぐさまわかった。

リュの目は落ちくぼみ、髪が薄くなり、デスクでテントのような形に合わせている手は、骸骨《がいこつ》のようだった。

「やあ、エイプリル」柔らかな上海《シャンハイ》なまりの英語でリュがいい、エイプリルの背すじを衝撃が走った。「ポーク君もそこにいるにちがいない。わたしがそう要求したからね。はじめてお目にかかるが、わたしがリュ・イァンだ。知ってのとおり、わたしは死んでいる」

エイプリルは、ポークの手を握って落ち着こうとした。

「この二、三年、おまえたちの仕業ではない秘密保全違反の罪までかぶせられて、おまえたちがつらい日々を過ごしてきたことはわかっている。知っているだろうが、わたしたちの工作員のひとりが、オーストラリア連邦警察に情報を流したのだ。この国でのわたしの活動の全貌《ぜんぼう》をしゃべる前に、その工作員は抹殺《まっさつ》されたが、残念なことに、そのものは軍の防衛テクノロジーと情報分野におけるおまえたちそれぞれの情報収集活動を明かしてしまった。これまでずっと組織全体を絶っていたのは、組織全体の秘密保全のためだ。見捨てられたと思っていたかもしれないが、そうではない。おまえたちには当地のもっとも優秀な弁護士をあてがい、わたしが報酬を支払っていた。おまえたちが早めに出所できたのは、運がよかったからではない。仮釈放検討委員会の数人の財布がいまでは膨れあがっているといっておこう。だが、それはもう済んだことだ。きょう、わたしはおまえたちを必要としている。エイプリル、わたしの最後の望みを実行するのに当てにできるのは、おまえとポーク君だけなんだ」

「わたしたちがさんざん苦しんできたのに、また頼みごとをするわけね」エイプリルはつぶやいた。

「渋る気持ちはわかる」まるでそれに答えるかのように、リュがいった。「しかし、わたしがおまえたちを必要としているように、おまえたちにもわたしが必要なんだ。五年前、おまえたちはそれぞれの仕事に適任だった。ポーク君は特殊作戦コマンドの熟練兵士で、国防省の上級アナリストだった。エイプリルはオーストラリア海軍の情報将校、チン大尉で、将官になる見込みが高かった。ふたりとも傑出した潜入工作員として、私の会社と中国のために最新テクノロジーのデータを入手していた。しかし、その活動が暴かれたいま、おまえたちは階級を剝奪《はくだつ》され、解雇され、数年間服役した。ふたりともおたがいに愛し合っていても、貧乏になった。わたしはおまえたちの生活をよりよくするつもりだが、それには最後の要求を果たしてもらう必要がある」

リュが咳《せ》き込んで言葉を切り、水をひと口飲んだ。ポークがいらだたしげに画面を指差した。「どうなってるのかわかったぜ。お説教をくらって、また刑務所行きになるようなことをやれっていうんだな?」

エイプリルが片手をあげて、ポークを黙らせた。どういう話になるのか、見届けたいと思っていた。

「失礼」リュがグラスを置いていった。「膵臓《すいぞう》ガンだと診断された。生きているうちに壮大な事業に着手するつもりだったが、医師たちがいうには、数週間しか残されていないそうだ。したがって、わたしには自分が思い描いていることを実行できないが、おまえたちにはできる。おまえたちは有罪判決を受けても、わたしとの結び付きを明かすことなく、忠誠であることを証明した。それに、わたしの目的を達成するための才能もそなえている。ポーク君は国防アナリストであるとともに、実績のある特殊部隊指揮官で、現場での戦術の技倆に長《た》け、戦闘で部下を率いることができる。エイプリル、おまえは海軍に勤務していたから、海上兵器システムと防諜《ぼうちょう》に関する専門知識が豊富だ。わたしの作戦を成功させるのに、おまえたちふたりは完璧《かんぺき》な組み合わせだ」

リュが笑みを浮かべた。「おそらくおまえたちは考えているのだろう。〝ああいう目に遭ったあとで、死にかけの男のためにまたなにかをやる理由がどこにある？〟と。では、理由をふたつ挙げよう。ひとつ、中国が最強の軍事力を確保して世界のリーダーという正当な役割を果たすのを支援すること。おまえたちはこれまでの行動で、これに大きく貢献した。もうひとつは財政的理由だ。おまえたちのオーストラリアでの生活と仕事人生は崩壊した。政府はおまえたちがわたしのために一所懸命働いて稼いだ金も含めて、おまえたちの資産すべてを没収した。軍の年金すら取り消し、おまえたちが祖国で蛇蝎《だかつ》のごとく嫌われるように仕向けた。おまえたちは文無《もんな》しで、先の見通しも暗い。だが、わたしはおまえたちの損失を埋め合わせ、夢にも思ったことがないような未来を用意することができる」

ケースを持ちあげてデスクに置くとき、リュは顔をしかめた。ケースをあけ、向きを変える。ケースには、溢《あふ》れそうなほどアメリカの百ドル札が詰め込まれていた。

「この百万ドルを、おまえたちにやろう。これまでの労苦に対して。それに、その気にさせるために。おまえたちがそこを出るときに、弁護士がこのケースを渡す。ケースを持ってそのまま逃げてもかまわないが、おまえたちが失ったものは百万ドルでは埋め合わせがつかないはずだ。この金が虹《にじ》の彼方《かなた》にあるものへの欲求をそそるはずだというほうに、わたしは賭《か》けるね」

リュがケースを閉じ、エイプリルはポークのほうを見た。ポークの視線は画面に釘《くぎ》付《づ》けになっていた。

「わたしが求めることをおまえたちがやるときには、このケースの金は、これから説明する任務を達成する軍資金に充てることができる。それにくわえて、わたしの財産の残り九億三千八百万ドルを、おまえたちは受け取ることになる」

エイプリルは、啞然《あぜん》としてポークの顔を見た。刑務所に入れられたときに自分たちの人生は終わったと思っていた。それがいま、想像を絶するようなチャンスをあたえられたのだ。

「その金は暗号通貨のクロイソスコインで保管されている。おまえたちが目的を果たしたことが世界の十大新聞の記事で確認されるまで、金は保管されたままになっている。新聞社のウェブサイトをスキャンして、記事が確認されると暗号通貨のロックを解除するプログラムを、わたしは設計した。ぐずぐずせずにやるように、期限も設定した。指定の日時までに任務を完了できなかった場合には、口座は永久に閉じたままになる。だれもその金を手に入れられなくなる。金は消えてなくなる」いかめしい顔で、リュがカメラを見つめた。「わたしが失敗しても金を払うような人間ではないことは、知っているはずだ」

リュは笑みを浮かべた。「わたしの提案が本物かどうか、疑っているかもしれない」

ポークがうなずいた。「そう思ってたところだ」

「この動画を開始するのに入力した暗証番号は、口座番号でもある。確認しろ」ログインのパスワードを、リュが教えた。「残高を見ることはできるが、適切な条件が満たされないと資金にはアクセスできない」

エイプリルがふるえる手で一時停止ボタンを押し、ふたりに向けていたリュの死人のような凝視が凍り付いた。エイプリルは、携帯電話でクロイソスコインのウェブサイトに接続し、ログインした。リュがいったように、残高は九億ドル以上だった。だが、電子送金の指示を入力するボックスにはアクセスできないようになっていたし、カウントダウン・タイマーもあった。

口座が恒久的にロックされるまで、数週間しかない。

エイプリルは、ウェブサイトのページをポークに見せた。ポークが、目にしたものをよく考えるために座り直した。

「信じられない」

「信じなさい」エイプリルはいった。「わたしの元継父はいたずらを仕掛けるのにこんな手間をかけるような人間じゃない。冷酷だけど時間を無駄にしない。彼がなにを提案してるにせよ、本気なのよ。ほかに相続人はいないから、当然、わたしたちが遺産の受取人になる」

「しかし、ただくれるわけじゃない。手に入れるために働かなきゃならない」

「そうよ。でも、継父は知力が高くて几帳面《きちょうめん》だから、この〝任務〟を細かい部分まで計画してるでしょう。彼がそれを成功させるための資源に不自由してないことは明らかだし」

ポークは、すこし考えた。「認めたくはないが、やつのいうとおりだ。おれたちはどっちももうすぐ四十で、軍人としては終わりだし、合法的な仕事をやれる見込みもない。リュ・イァンにあやかって成功しようとして、すべてを失った。キャンベラの家も、ボンディのビーチの別荘も、車も失った。見つからないだろうと思ってたブルネイの投資口座すら失った。リュが死んだいま、手を貸してくれそうな中国人の伝手《つて》もいない。百万ドルはありがたいが、九億ドルに比べればたいした金じゃない」

「その巨額のお金のために、リュはわたしたちにかなり厄介《やっかい》なことをやらせるにちがいない。危ない目に遭うし、リスクも大きいでしょうね」エイプリルは、ポークの手をぎゅっと握った。「あなたのことを長いあいだ待ってたし、もうわたしたちの身になにも起きてほしくない」

ポークが肩をすくめた。「やつを信じるのなら、やつがなにを望んでいても、おれたちにはできるはずだ。それをやったら、自分たちの身を護るのに、この金を使えばいい」

エイプリルがうなずいた。「たしかにそうね」

「問題は、やつを信じるかどうかだ」ポークはいった。

エイプリルは、しばらく考えた。「リュは無情だけど、わたしたちを騙《だま》したことはなかった。わたしの母を騙すようなこともなかった。それに、支援してくれたのはほんとうでしょうね。わたしたちはふたりとも、もっと長く服役してもおかしくなかった。彼のいうことは信じられると思う」

「これまでも、やつのためにもっとすくない報酬で命懸けのことをやったし、おれたちはいまもこうして生きてる。リスクがあるのはわかってるが、身を護るための資源もある」ポークは自信を漂わせて、エイプリルを見つめた。「やつがなにを望んでるか、たしかめよう」

エイプリルは、リモコンの再生ボタンを押した。

リュ・イァンが、カメラのほうに身を乗り出した。「そう考えてくれてよかった。さて、これがおまえたちにやってもらいたいことだ」

3

アブドゥル・タンジュンは、仲間がタンカー〈ダハール〉を乗っ取るあいだスピードボートに残っていたくはなかったが、テロ集団インド・ジハードではいちばん新しいメンバーなので、沿岸警備隊が到着する前に逃げられるように準備しておけと命じられた。〈ダハール〉は停船していたので、乗組員が梯子をおりて逃げないように見張るほかに、やることがほとんどなかった。

タンジュンはシリアでISIS（イラクとシリアのイスラミック・ステート）の一員として戦い、母国インドネシアにイスラム帝国《ヒラーファ》を打ち立てるために戻ってきた。ISISに伝手があるので、ジャカルタでおなじような思想の同志を見つけるのは簡単だった。この最初の任務は完全な成功のようだし、バリで行なう予定の二度目の任務が成功すれば、憎きアメリカの影響力が東南アジアで終わりを告げたことを敵は思い知るはずだった。

アメリカに向かっているクウェートのタンカーを沈没させ、大規模な環境汚染を引き起こせば、近隣諸国の政府はすべて恐怖におののくだろう。タンカー沈没とバリでの作戦をきっかけに、聖戦主義者《ジハーディスト》が大義のもとに大挙して馳《は》せ参じるにちがいない。新聞の見出しになるようなテロ攻撃をくりかえすうちに、世俗的な政権は崩壊しはじめるはずだ。

タンジュンは、携帯無線機から聞こえる報告に熱心に耳を澄まし、小さな勝利のたびに歓声をあげた。

「乗組員全員確認」ケルセン司令官がいった。「食堂へ連れていけ。タンジュン、そっちの現況は？」

「タンカーの横で定位置を維持している。なにも動きはない」

「よし。爆弾を仕掛けるあいだ、乗組員を食堂に閉じ込めておく。それが済んだら、救命艇で乗組員をそっちに行かせる」

「わかった」

爆弾は三つあり、大型タンカーを沈没させるには、注意深く仕掛ける必要がある。〈ダハール〉はSSASを使ったにちがいないので、沿岸警備隊か防衛部隊が到着する前に起爆しなければならない。これまでのこの海域での海賊事件における対応時間から判断して、タンカーから脱出し、海岸線の基地に急いで戻るまで、一時間の余裕があるはずだった。

乗組員を閉じ込めたと聞いて、タンジュンは緊張を解いた。アサルト・ライフルを置き、甲板に座って、母親が自分の仲間のためにこしらえて紙袋に入れてくれたクレポンというもち米の団子《だんご》を食べはじめた。よく働いたので、間食してもいいころだった。甘い菓子にはココナツがまぶしてある。タンジュンはべとべとになった指をズボンで拭《ふ》きながら、背後の貨物船を眺めた。

錯覚にちがいないと思った。その大型貨物船が、驚異的な速さで接近していたからだ。ちがう方向を向いてから目を戻すたびに、どんどん近づいているように見えた。

タンジュンは、肩をすくめた。どうでもいい。ああいう大型船は、せいぜい時速二〇キロメートルしか出せない。それがそばに来る前に、自分たちは人質を連れて遠ざかっているはずだ。だいいち、民間の貨物船は脅威ではない。

クレポンを食べ終えると、タンジュンは紙袋を丸めて海に投げ捨てた。

そのとき、水面をかき乱している奇妙なものに、視線が吸い寄せられた。タンジュンは立ちあがり、舷縁《ガンネル》へ行った。

浮上してくるなにかのせいで水面が泡立っていた。まるで海の怪物が深みからあがってくるような感じだった。

長い平べったい物体が、タンジュンのスピードボートの横に現われた。水面からほんのすこしだけ出ている。マラッカ海峡を抜ける無数の貨物船から投げ捨てられた浮遊物が漂流しているのかもしれない。

それが真っ平らではないことに、タンジュンは気づいた。いっぽうの端に、窓付きの展望塔《キューポラ》がある。そのなかからふたつの目が睨《にら》み返したので、タンジュンは度肝《どぎも》を抜かれた。赤ら顔の年配の白人で、禿《は》げた頭のまわりに赤い毛がほんのすこし残っていた。

タンジュンは一瞬、クレポンにだれかが麻薬を仕込んだのかと思った。だが、つぎの瞬間、上部のハッチがぱっとあいたので、タンジュンは我に返り、それがどこからともなく現われた潜航艇だということに気づいた。黒ずくめで目出し帽をかぶった悪魔のような人影が、ハッチから身を乗り出し、タンジュンに銃の狙いを付けた。

タンジュンは向きを変えて、アサルト・ライフルをつかもうとしたが、間に合わなかった。シュッという音がして、背中に鋭いものが突き刺さるのを感じた。そのダートを抜こうとしたが、一秒とたたないうちに膝《ひざ》の力が抜け、甲板に倒れ込んだ。

意識は失わなかったが、頭がぼんやりし、口が綿で覆われたような感じだった。黒ずくめの男が、スピードボートの舷縁を跳び越して、巨人のようにタンジュンの上に立ちはだかった。かがんでタンジュンの背中からダートを抜くと、仰向けにした。

その襲撃者はアサルト・ライフルを海に投げ捨ててから、両膝をついた。男が鋭いブルーの目で貫くような視線で観察しているのがわかった。男が英語でなにかをいったが、タンジュンには理解できなかった。

「英語、話せない」タンジュンは思わずそういったが、他人の声のように聞こえた。

男がアラビア語に切り換えた。サウジアラビア方言だと、タンジュンにはわかった。

「〈ダハール〉におまえの仲間は何人いる?」

タンジュンは答えないつもりだったが、なぜか知っていることをいわなければならないという気持ちになった。

「七人」

「抵抗しないほうがいい」男がいった。「おまえに注射した薬は、体を動けなくさせるだけではなく、自白剤の作用もある。わたしもためしたことがあるんだ。さて、おまえたちの目的をいえ」

「爆弾だ。三つある。タンカーを沈めるつもりだ」

「乗組員は? 全員生きているんだな?」

「ああ、食堂にいる」

「よし。爆弾が仕掛けられる場所をすべて教えろ」

男が目出し帽をはずして、ブロンドのクルーカットと日焼けした端整な顔が現われた。知性がにじみ出ている強いまなざしで、生来の威厳が備わり、自信を発散させていた。

タンジュンは頭がぼうっとしていたが、男が素顔を見せたことに驚いた。

「あんたはだれだ？」タンジュンはきいたが、呂律《ろれつ》がまわらなかった。なぜか名乗らなければならないような気がした。「おれはタンジュンだ」

「わたしの名はファン・カブリーヨ。これからおまえの仲間のテロリストどもを片付ける。じつは名乗ってもかまわないんだ」カブリーヨは、ずっと守っていた秘密を明かすように楽しそうにいった。「おまえの血管のなかをめぐっている薬品は、記憶を消すんだ。四時間ぐらいたって、目が醒《さ》めたときには、頭蓋骨《ずがいこつ》が割れそうな頭痛に襲われて、わたしのことはすっかり忘れているはずだ」

4

黒ずくめで、抗弾ベストを付け、眼鏡をかけて目出し帽をかぶった三人が、潜水艇から出てきて、操縦手だけが残った。スピードボートで朦朧《もうろう》としているテロリストの足首と手首を結束バンドで縛っているカブリーヨに、その三人が合流した。いずれもMP5サブマシンガンを肩から吊《つ》り、腰のホルスターにダートガンを収めていた。一見してわかるちがいは、ひとりがあとのふたりよりも頭半分くらい背が低いことだけだった。

「鎮静剤に宣伝どおりの効果があったみたいね」小柄な人物が、女らしい甲高《かんだか》い声でいった。

カブリーヨは立ちあがっていった。「これを使えば、カーネル・サンダースにオリジナル・チキンとエキストラクリスピー・チキンの両方の秘密レシピをしゃべらせることができそうだ。このタンジュンが、AK-47で武装した敵が七人、タンカーにいると教えてくれた。奇襲の要素が残っているあいだは、ダートを使おう」腕時計を見た。「爆弾の場所もわかっている。十五分以内にタイマーを解除しなければならないと、タンジュンがいった。テロリスト細胞《セル》のリーダー、ケルセンが予備の遠隔起爆装置を持っているそうだ。そいつはだれも信用していないようだ。自分が乗っているときに部下に裏切られて爆破されないとも限らないと思っているんだろう。ケルセンは左耳がないから、すぐに見分けられる」

カブリーヨは、舌を使って口のなかのモラーマイク（上顎の奥歯にひっかけて使う通信装置）のスイッチを入れた。それを使うと、送受信のときに手を使う必要がないし、頭蓋骨内の音を骨《こつ》伝導で耳に伝えるので、騒々しい環境でも連絡し合うことができる。

「甲板に敵影は？」カブリーヨは上に目を向けた。小さな灰色のクワッドコプター型ドローンが頭上でホヴァリングして監視を行なっているが、かなり上のほうにいるので見えなかった。

「動きはない」応答があった。

「〈ダハール〉のブリッジにだれかいるか？」テロリストがその高みにいると、カブリーヨとチームがタンカーの手摺を越えるときに見つかってしまう。

「もっとよく見えるように移動させる」間を置いて応答があった。「だれもいない」

カブリーヨは、目出し帽を引きおろし、拡張現実眼鏡《オーグメンテッド・リアリティ・グラス》をかけて、爆弾の位置を入力した。タンカーに接近したときに、船体各部の詳しい見取り図をダウンロードしたので、船内の通路を進むときにはその眼鏡が誘導してくれる。目の隅で〈ダハール〉の甲板ごとの図を見ることもできる。

「行くぞ」カブリーヨはいった。

カブリーヨが最初にテロリストがかけた梯子を昇った。真っ先に乗り込むのが自分の責務だと思っていた。

全員が〈コーポレーション〉に所属し、カブリーヨは会長の地位にあって、その敬称で呼ばれている。厳密にいえば彼らは傭兵《ようへい》なのだが、カブリーヨはその言葉を嫌っていた。傭兵はもっとも高い報酬を払うものに雇われる。雇い主の大義や道義が問われることはない。

それに対して、〈コーポレーション〉は元アメリカ軍兵士や元ＣＩＡ工作員から成る、民間軍事会社だった。異色の技倆を備えている社員を擁《よう》し、政府の上層部が関与を否定したいような秘密の汚《よご》れ仕事を、アメリカ政府のために実行する。そういう任務のひとつが、サリンを製造していたシリアの薬品製造施設を妨業《サボタージュ》（非合法または隠密の手段で、防衛関連施設を破壊するか、あるいは機能しないようにすること）するための急襲だった。そのときに少量の鎮静剤溶液を手に入れて、それをいま使っている。〈コーポレーション〉は友好国や有効な非政府組織の仕事も引き受けるが、それはアメリカの権益に役立つ場合に限られている。

ファン・カブリーヨは、〈コーポレーション〉の会長であるだけではなく、心とたましいでもある。元CIA工作員のカブリーヨは、不屈の精神と手腕で〈コーポレーション〉を率い、つねに敵に一歩先んじているように見受けられる。最高のレベルの乗組員を集めるのに寄与し、組織の全員が課せられた仕事を実行すると信じている。そのお返しとして、全員から絶大な尊敬と称賛を受けている。カブリーヨはほとんどの部下に、親友だと見なされている。

〈コーポレーション〉は、オレゴン号という一隻《せき》の船のみを拠点としているところが独自だった。いまでは〝新〟オレゴン号だ。

初代オレゴン号が痛ましい最期を遂げたあと、カブリーヨと乗組員は、新しい船の能力をたしかめるために、早く海に乗り出したくてうずうずしていた。初航海はもともと、推進機関といくつかの改良された戦闘能力をテストするのが目的で、そのあとはマレーシアの乾ドックに戻り、展開の準備を終えることになっていた。だが、マラッカ海峡でまもなく襲撃があるという情報を受けて、艤装《ぎそう》が完了する前に出帆した。

そんなわけで、これがオレゴン号の初航海になり、乗組員の一部はまだ乗っていない。

官憲が到着する前にタンカーに爆発物を仕掛け、人質を連れて逃げるというのが、テロリストの計画だった。だが、インド・ジハードは、組織内に〈コーポレーション〉の潜入工作員《もぐら》がいることに気づいていなかったので、パーティを台無しにされるとは予想していなかった。カブリーヨのチームはテロリストに人数で劣るが、隠密性《おんみつ》と奇襲の要素が強みだった。

タンカーの甲板にあがると、四人はふたりずつに分かれた。カブリーヨとハリ・カシムが機関室に向かい、あとのふたりは船首に向かう。

カブリーヨとカシムは、急いで船尾上部構造の出入口へ行った。

「どんな感じだ？」ハリとともに鋼鉄の隔壁《かくへき》に体をくっつけて、カブリーヨはきいた。

特殊部隊員のような強襲を行なうのは、ハリのオレゴン号でのふだんの仕事ではなかった。レバノン系アメリカ人のハリは、オレゴン号の通信長で、〈ダハール〉が発信した緊急警報を傍受した。オレゴン号には通常、こういう任務を行なう元特殊部隊戦闘員のチームが乗っているのだが、全員がバリでのべつの仕事のために出払っていた。

しかし、〈コーポレーション〉の社員はすべて、戦闘訓練を受けているし、ハリも以前に危険な作戦に従事したことがある。

「楽しんでますよ」ハリがいった。「といっても、作戦指令室《オプ・センター》の快適な椅子に座って、ヘッドセットをかけているほうがずっといいですが」

「わたしのあとについてくればだいじょうぶだ。いいか、危ないまねはするな」

カブリーヨが出入口をあけると、もっとも近い階段があった。ダートガンを持ったカブリーヨが先頭に立ち、ハリがつづいて、眼鏡に表示された見取り図を頼りに進んでいった。

機関室のドアに達すると、鋼鉄を通して機械の振動が感じられた。タンカーを停船させたテロリストたちは、大型ディーゼル機関を停止させなかったようだ。音のおかげで、接近するのをごまかせる。

カブリーヨはハリのほうを見た。ハリがうなずき、だいじょうぶだということを伝えた。カブリーヨは身をかがめてドアをあけた。タービンのけたたましい音が耳朶《じだ》を打った。

そのドアは、機関室全体を見おろす狭い常設歩路《キャットウォーク》にあったが、パイプや通気管や機械が入り組んでいるので、下から姿を見られるおそれはなかった。

ふたりはまず制御室の方角へ這《は》い進み、カブリーヨが窓から覗《のぞ》いた。なかにはだれもいない。

ハリに肩を叩かれて、カブリーヨが向きを変えると、テロリストふたりがかがみ込んで、機関に燃料を送る巨大なパイプになにかを取り付けようとしていた。スピードボートにいたテロリストがいったように、タンカーを爆破し、何海里も離れたところから見えるような猛火を引き起こすという計画なのだ。

カブリーヨたちの六メートル下にいたテロリストふたりは、作業に気をとられていて、上に目を向けなかった。カブリーヨは、自分が右側の男を撃つから、左側の男を撃てと、ハリに合図した。

ふたりはキャットウォークの手摺のあいだから狙いをつけ、カブリーヨが撃った。ダーツがテロリストのうなじに命中した。その男がふりむくと同時に、ハリがもうひとりの背中を撃った。三秒以内にふたりとも甲板にくずおれた。

カブリーヨとハリは、キャットウォークをそろそろと一周して、機関室のあとの部分を見た。くだんのふたりのほかには、だれもいない。

階段をおりていくと、テロリストふたりが甲板にうずくまって、ひとりごとをつぶやいていた。スピードボートにいたテロリストは、機関室に爆弾を仕掛けるチームは二組だといった。嘘《うそ》をつくことはありえないので、計画がよくわかっていなかったか、事実を知らされていなかったのだろう。

ハリが爆弾を見ているあいだに、カブリーヨはインドネシア人テロリストと話をした。

「おまえたちの仲間はどこだ？」カブリーヨはアラビア語で語気鋭くきいた。

ふたりともインドネシアの方言で答えた。カブリーヨはアラビア語、スペイン語、ロシア語に堪能《たんのう》だが、インドネシア語は得意な分野ではなかった。翻訳ソフトウェアが多数インストールされている小さなタブレット・コンピューターを出して、インドネシア語を選び、質問をくりかえした。

タブレットは、翻訳したものを音声で伝える。一瞬の間を置いて、テロリストふたりが答えたが、タブレットにはエラー表示が出た。

認識されない言語です。

カブリーヨは、ハリにそれを伝えた。ハリが調べている爆弾から目を離さないで答えた。

「珍しい方言なので、コンピューターは翻訳できないんでしょう」

「だとすると、厄介なことになった」カブリーヨはいった。「爆弾一個が船首で見つかったとしても、もう一個がどこにあるかわからない」腕時計を見た。「それに、十分以内に見つけなければならない」

ハリが立ちあがった。「もっと厄介な問題がありますよ」

「どんな問題だ?」

「爆弾を不活性化できません。高度な設計だし、密封されているので、電線を切ることもできない。それに、安全化しようとしてむやみにコードを打ち込んだら、爆発するかもしれない」

カブリーヨはかがんで爆弾を見た。透明なポリカーボネートの筒に爆薬が収められ、デジタル・キーパッドがある通常のパイプ型爆弾よりも、ずっと高度な造りだった。カウントダウン・タイマーはなく、携帯電話のバッテリー残量を示す表示のような点滅するバーがひと組あるだけだった。いまはバー五本のうち四本が残っている。

「動かすことはできるか?」

「おれは爆発物の専門家ではないですが、水銀スイッチ（水銀の小さな玉が動くことで、小さな動きでも電源がはいる仕組みのスイッチ）はないですね。動かしてもだいじょうぶですが、セカンド・オピニオンを聞きたいですね」

「じきに聞けるだろう。動かしてもだいじょうぶだとわかるまで、ここにいてくれ。わたしは第三の爆弾を仕掛けているテロリストを探す」最後にもう一度、爆弾を見て、バーが三本に減っているのに気づいた。「バーが一本になったら、ここを出て、乗組員を救命艇に乗せろ」

ハリがうなずき、用心深く爆弾を見た。「どうしてもそうしろというんでしたら」

カブリーヨは、階段を駆けあがって機関室の出入口に向かいながら、モラーマイクで送信した。「リンダ、予想していたよりも複雑な状況になった」

応答はなかった。

「リンダ、受信しているか?」

カブリーヨの耳に届いたのは、不吉な沈黙だけだった。だが、それをふり払い、三個目の爆弾を探すことに集中した。〈ダハール〉の船首のチームとは、フットボールのフィールド一面くらい離れている。彼らが厄介な目に遭っていても、なにも手助けできない。

5

リンダには、カブリーヨの送信が聞こえていた。だが、ひとことも発することができなかった。息をするだけでも、エリック・ストーンとともに殺されるおそれがある。リンダとエリックは、巨大なパイプの蔭の暗がりにしゃがみ、すぐ下にあるＡＫ‐47の銃身を見おろしていた。いま、銃を持っているテロリストにはふたりの姿が見えないが、ひとつの動き——あるいはひとつの音——だけで、だれかが潜んでいるのに気づき、引き金を引くにちがいない。

リンダは〈コーポレーション〉の副社長で、元アメリカ海軍将校だった。オレゴン号に乗り組むようになってから、海軍にいたときよりも数多くの戦闘を経験してきたが、いまだに銃口を向けられるのはいい気分ではなかった。

リンダはいま、船首寄りの貨《か》油《ゆ》積出装置収納庫の横に、エリックと並んで膝をついていた。ふたりの位置からは、テロリストを障害物なしに撃つことができない。背後で金属製の鎖がぶつかる音に、テロリストは気を取られていた。何本ものパイプが邪魔になって、リンダとエリックがダートガンで撃つのを妨げていた。テロリストが、アサルト・ライフルをあちこちに向けて周囲を確認し、不審な物音は聞こえないと納得すると、相棒が主放出弁《メイン・リリースバルブ》のひとつに爆弾を取り付けている収納庫に戻った。

リンダは、ようやく息ができた。「きわどかったわ」甲高いが権威を発散させている小さな声で、リンダはエリックにいった。目出し帽を叩いた。「これをかぶっていてよかった」

リンダは、気分によって髪の色をしじゅう変える。いまはピクシーカットを鮮やかなグリーンに染めているので、目出し帽で頭を覆っていなかったら、まちがいなくテロリストに見つかっていただろう。

「〈ダハール〉の船長に、これからは装備を厳重に保管するよう乗組員に指示しろと、厳しく注意する手紙を書くつもりだった」エリックがいった。

エリックも元アメリカ海軍将校で、いまはオレゴン号の航海長兼操舵手だった。ふだんは戦闘服ではなく、ボタンダウンのシャツとチノパンを着ている。エリックと、エリックの親友のマーク・マーフィーは、乗組員のなかでもっとも頭がいいので、通常は武装したテロリストの制圧ではなく、オレゴン号が直面する難問に技術的な解決策を編み出すことに専念している。

しかし、エリックはリンダとおなじように、〈コーポレーション〉に参加してからの歳月、かなり戦闘の場数《ばかず》を踏んできた。それに、新しい船が竣工《しゅんこう》するまで、カブリーヨは乗組員の技倆が衰えないように、作戦行動と武器使用の訓練をつづけていた。リンダはエリックがいてよかったと思った。エリックは爆弾を分析する技倆にくわえ、戦術的な直感も備えているからだ。

これからふたりは、姿を見られずにテロリストたちに接近する方法を編み出さなければならない。

貨油積出装置は、バルブを雨や海水から守るために、小さな収納庫に収められている。ふたりの足もとの巨大なタンクに向けて、そこから縦横にパイプがのびている。爆弾がそこで爆発したら、十数本のパイプが破断して、パイプ内の原油に引火し、タンク内の揮発《きはつ》した原油に酸素が送り込まれて、巨大な火の玉が噴きあがるにちがいない。海峡の左右のマレーシア沿岸とインドネシアから見えるようなすさまじい火災になる。

「あたしは背が低いから、パイプを乗り越えられない」リンダがいった。

「押してあげるよ」エリックがいった。エリックは大男ではないが、リンダは小柄だから、できるはずだった。

「あいつらに見られちゃうわ」リンダはいった。

「迂回《うかい》してたら時間がかかる」

「それじゃ、下をくぐったら」リンダは、パイプと甲板のあいだの隙間《すきま》を指差した。かなり狭いが、どうにか這ってくぐり抜けられる。

カブリーヨの声が、無線から聞こえた。「リンダ、受信しているか？　これまでにふたりのテロリストを制圧した。残っているのは五人だ」

リンダは、モラーマイクのスイッチを入れた。「聞こえてる、会長。ここには敵がふたりいる。これから取りかかる」

「よい猟果《グッド・ハンティング》を祈る」カブリーヨが答えた。オレゴン号では、〝幸運《グッド・ラック》を祈る〟とはいわない。運に頼るのは愚か者の手立てだからだ。窮地《きゅうち》に陥ったときに幸運に恵まれるのは結構だが、任務を成功させるには、準備、訓練、チームワーク、技倆のほうがもっと重要だということを、カブリーヨは乗組員に叩き込んでいた。

「ここの爆弾を処理したら連絡するわ、会長」リンダはいった。

「了解」

リンダとエリックは、パイプの隙間が広めのところへ行った。エリックが先に潜《もぐ》り込み、リンダがパイプのあいだにMP5サブマシンガンを差し込んで、精いっぱい掩《えん》護《ご》した。バルブがある収納庫までは一〇メートルほどあるので、その隙間からダートガンで撃つのは危険が大きすぎる。

もぞもぞと這って向こう側に出たエリックが、駆けだして収納庫の横にしゃがんだ。リンダはMP5を肩にかけ、腹這いになって進みはじめた。原油とグリースの特徴のあるにおいが鼻に充満した。

リンダは、パイプの下から脱け出す寸前に、テロリストのひとりがエリックのうしろで収納庫の角から現われるのを見た。意外なところに人がいるのを見てびっくりしたテロリストが発砲しなかったので、エリックは命拾いした。

足音を聞いたエリックがふりむき、MP5を持ちあげて撃とうとしたが、テロリストがAK‐47の床尾《しょうび》でエリックの手からそれを叩き落とした。エリックは、テロリストがAK‐47を構える前に、体当たりして甲板に押し倒し、AK‐47を奪おうとしてもみ合った。

リンダはまだパイプの下から出ておらず、MP5に手が届かなかった。そこで、ホルスターからダートガンを抜いたが、エリックとテロリストが格闘して転がっていたので、狙いを付けられなかった。

そのとき、ふたり目のテロリストが、反対側から収納庫をまわってきた。物音を聞いてようすを見にきたらしく、AK‐47は置いてきたようだった。

リンダは伏せたままでダートガンから一発放ったが、角度が悪く、ダートはテロリストの右腰の革ベルトに当たった。

その男は発射音を聞きつけたが、ダートが自分に当たったことには気づいていなかった。だが、パイプの下から這い出して走ってくるリンダを見た。リンダが跳びあがろうとしたときに男が迫ってきて、パイプに押しつけられた。

男は手刀《てがたな》でダートガンをリンダの手から払い落とし、前腕を首に押しつけて息ができないようにした。リンダの顔にかかる熱い息は煙草《たばこ》とカレーのにおいがした。リンダは男を押しのけようとしたが、相手は筋肉質で力が強かった。リンダが気を失うのは時間の問題だった。

リンダは男の腕から手を離した。男の上半身を下になぞると、ベルトに手が届いた。革ベルトから突き出していたダートをつかみ、引き抜いた。視界が狭窄《きょうさく》しはじめたとき、ダートを男の首に突き刺した。

男がショックで目を丸くして、ダートを引き抜いたが、手遅れだった。動脈にじかに薬物を注射され、瞬時に効果が出た。男は膝をついて、そのまま転がった。

リンダは一度大きく息を吸い、エリックと取っ組み合っていたテロリストが転がって離れ、MP5のそばにいるのを見た。テロリストがサブマシンガンを拾って撃とうとしたとき、リンダは甲板からダートガンをさっと取り、その男の背中を撃った。

テロリストが体をまわし、自分に突き刺さったなにかをつかもうとした。驚いた顔でリンダを見た瞬間、目が裏返って倒れ込んだ。

リンダはエリックのほうへ行き、手を差し出して立たせた。エリックは後頭部をさすっていた。

「だいじょうぶ?」リンダはきいた。

「AK‐47の床尾で殴《なぐ》られたけど、だいじょうぶだ」エリックはあたりを見て、テロリストふたりが甲板に倒れているのに気づいた。「ふたりともやっつけてくれたんだね。みごとな射撃だ」

リンダが、にやにや笑った。「アニー・オークレー（バッファロー・ビルの〝ワイルド・ウェスト・ショー〟で名を挙げた女性の射撃名人。第一次世界大戦時には新兵の射撃訓練の教官をつとめた）があたしのひいおばあちゃんだというのを知ってた?」

「ほんとだと思いそうだよ」

「やめて。爆弾を見にいくわよ」

ふたりは収納庫にはいり、パイプが何本もつながっているメイン・リリースバルブの下に爆弾が仕掛けられているのを見た。リンダがフラッシュライトで照らし、エリックが調べた。バーが二本明滅していた。

リンダは、マイクのスイッチを入れた。「会長、敵はやっつけたわ。あたしたちの目の前に爆弾がある」

「よくやった。爆弾について意見は？　動かせるか？」

リンダとおなじようにカブリーヨの声を聞いていたエリックがうなずいた。「動かせます、会長。動きで作動する回路や加速度計はありません」

「聞いたか、ハリ？」カブリーヨはいった。

「了解」ハリが応答した。「これから爆弾を持っていきます。海に投げ捨てるんですか？」

「それは勧められない」エリックが爆弾を持って、テロリストが運ぶのに使っていたバッグに入れながらいった。

「どうしてだ？」カブリーヨはきいた。

「海水に浸《つ》かったらすぐにショートするおそれがあります。この船にでかい穴があきますよ。〈ダハール〉は沈没しないかもしれないけど、操船できるようになる前に大量の原油が流れ出します」

「沈まないかもしれないって？」リンダがきいた。

エリックが肩をすくめた。

「エリックは肩をすくめているのか？」カブリーヨはきいた。

「ええ、そうよ」

「だったら、三個目の爆弾を見つけて、爆発する前に三個ともできるだけ遠くへ運ばなければならない」

6

オレゴン号の潜水艇を操縦していたマックス・ハンリーは、後部ハッチから出るときにうめいた。若いころはベトナムのメコンデルタで高速哨戒艇《スウィフト・ボート》を指揮していたが、それから長い歳月が流れている。それに、医務長のジュリア・ハックスリーがマックスの太鼓腹《たいこばら》をすこしでも小さくしようとして失敗していることからもわかるように、マックスは運動が嫌いだった。それでも、年齢の割にはまあまあ健康だと本人は思っているし、〈コーポレーション〉社長兼機関長という職務はけっこう忙しい。

エアコンの効いている〈ゲイター〉の艇内から出ると、湿気のせいで額に汗の玉ができた。〈ゲイター〉はオレゴン号が搭載する潜水艇二艘《そう》のうちの一艘だった。もっと大型の〈ノーマド〉は深海に潜れるように造られていて、エアロックがあり、フル装備のダイバー八人が乗れるが、〈ゲイター〉は速力と隠密性を重視した設計だった。浮上して高速航行するときには強力なディーゼル機関を使い、今回のように水面下で行動してテロリストが乗っている船に忍び寄るときには、バッテリーパックが電源のモーターを使う。

マックスはカブリーヨたちの交信を聞いていて、三個目の爆弾がまだ発見されていないことを知っていた。

「ほかのやつらから、なにも聞き出せなかったようだな、ファン」マックスはモラーマイクでいいながら、テロリストのスピードボートに〈ゲイター〉をつないだ。「われわれの友人タンジュンが、もっと情報を教えてくれるかもしれない」

「武器は持っているんだろうな、マックス？」

「年寄りだから気遣ってくれるのか？」マックスは冗談をいった。マックスとカブリーヨは親友で、力を合わせて〈コーポレーション〉を設立した。いうまでもなく、旧オレゴン号と新オレゴン号の設計と建造は、ふたりの共同作業だった。

「うめき声が聞こえる。お気に入りの安楽椅子からよっこらしょと立ちあがっているおじいちゃんみたいな声だぞ」

スピードボートの舷縁を越えるとき、マックスはあまり声を出さないように気をつけた。

「心配するな。こいつが回復した場合のために、ダートガンを持ってる。それに、おれが漏らした声をひやかされたいときには、元妻のひとりに電話する。さあ、通訳をやってくれるのか、どうなんだ？」

マックスは、うとうとしているタンジュンのそばへ行って、身動きするまで足でついた。通信システムと接続している携帯無線機を持っていて、それをタンジュンの顔の前でかざした。

「どうぞ、ファン」

カブリーヨがアラビア語で話しかけると、タンジュンは一瞬、反応しなかった。ようやく口をひらいたとき、ウィスキーを一本飲み干したように呂律がまわらなくなっていた。

「なんていったんだ？」マックスはきいた。

「最初にわたしにいったとおりだと確信しているようだ」カブリーヨはいった。「ボートを操縦するために雇われた新米なんだろう。ほんとうのことを聞かされていないのかもしれない」

「ありうるな」

もう一度質問しようとしたとき、べつの声が割り込んだ。ゴメス・アダムズだった。ゴメスは陸軍第160特殊作戦航空連隊《SOAR》にいたことがある凄腕《すごうで》の熟練パイロットで、オレゴン号のヘリコプターとドローンを操縦している。〝夜の追跡者《ナイト・ストーカーズ》〟という愛称の160SOARは、特殊部隊員を戦闘の場に運ぶ役目を担っている。いまゴメスはオレゴン号にいて、カブリーヨたちの空の目になっている。

「おっと、やつら、どこから出てきたんだろう?」合点《がてん》のいかない口調で、怒りがこもっていた。ゴメスのような経験豊富な人間がそういったので、いささか気がかりだった。

「なんだ、ゴメス?」カブリーヨはきいた。

「甲板にふたりいて、スピードボートにおりる梯子に向けて歩いています。十秒後に舷側から見られてしまう」

マックスは、齢《とし》のわりに健康かもしれないが、それまでに〈ゲイター〉に戻るのは無理だ。スピードボートの小さな操舵室に隠れるしかない。

マックスが操舵室のルーフの下にひっこむと、上から声が聞こえた。大きな声を出してても気にしていないのは、自分たちがタンカーを制圧していると思っているからにちがいない。

そのとき、テロリストふたりが黙り込んだ。

「そいつらが舷側から見おろしている」ゴメスが報告した。「〈ゲイター〉と倒れている仲間を見ている」
「あんたはどこだ、ファン？」マックスがささやいた。
「ポンプ室からそっちへ向かっている」カブリーヨは答えた。階段を駆け昇っている
ため、荒い呼吸がマックスに聞こえた。
「ふたりが武器を持ち、ひとりが梯子を下りはじめた」ゴメスが伝えた。
「よっしゃ」マックスはつぶやき、ウェストバンドからダートガンを抜いた。カブリ
ーヨにはいわなかったが、ダートは一発しかこめていなかった。
「タンジュン」梯子をおりていた男が、小声でいった。「タンジュン」
もっとも望ましくないのは、テロリストにスピードボートをAK・47で掃射される
ことだった。つぎに望ましくないのが、〈ゲイター〉を狙い撃ちされて穴をあけられ
ることだった。
「ゴメス」マックスはいった。「注意をそらしてもらえるとありがたい」
「いまからやる」ゴメスがいった。
二秒後、怒ったスズメバチの羽音のようなうなりが聞こえた。マックスの狙いどお
り、クワッドコプターのプロペラ音によってテロリストがまごついていた。
ドローンがうなりをあげてそばを飛び、つづいてびっくりしたテロリストの悲鳴が

聞こえた。

「注意を惹《ひ》いたと思う」ゴメスがいった。

マックスが覗き見ると、六メートル上でテロリストがＡＫ‐47をつかみ、うなりをあげている脅威に狙いを付けようとしていた。マックスは、ダートガンで狙い澄まし、撃った。

ダートがテロリストの尻に命中し、スズメバチに刺されたと思ったテロリストが、それをはたき落とそうとした。つぎの瞬間、梯子を握った手の力が抜けて、段から手が離れ、テロリストは二階の高さからスピードボートの甲板に落下した。

手摺のそばのもうひとりが奇妙な出来事にすぐ反応するはずだとわかっていたので、マックスは急いで倒れているテロリストのほうへ行って、ＡＫ‐47を取った。マックスが上に銃口を向けたとき、そこのテロリストが気を失い、手摺から離れて仰向けに倒れた。

カブリーヨが舷縁から覗いて、マックスに笑みを向けた。

「いい仕事をしてくれたようだな」カブリーヨはいった。

「毎日やってるよ」マックスは答えた。

「これで八人のうち七人をやった。テロリストの最後のひとりが見つかっていない。

そいつがケルセンにちがいない。しかも起爆装置を持っている」

カブリーヨの姿が見えなくなり、ダートガンで撃ったテロリストにアラビア語で質問しているのがマックスに聞こえた。

ややあって、カブリーヨはいった。「ケルセンがどこにいるかは知らないそうだが、三個目の爆弾はここの近くの主貨油移送ポンプ室にあるそうだ。このふたりは、われわれが乗り込んだときに、すでにそこにいたにちがいない」

「心配性のおばさんみたいにはなりたくないんですが」ハリがいった。「おれの爆弾はバーが一本になりました」

「こっちもです」エリックがいった。「バーが一本ずつ消える時間から判断して、爆発するまで三分しかありません」

7

ダッフルバッグを持ったハリが〈ダハール〉の上部構造から駆け出し、息を切らしてカブリーヨの前で立ちどまった。

「これをどうしますか？」ハリがきいた。

カブリーヨが答える前に、ゴメスが呼びかけた。「ブリッジ張り出し甲板《ウイング》に動きがあります」

カブリーヨが目を向けると、八人目の最後のテロリストが口をぽかんとあけて見おろしていた。頭の左側に皮膚が盛りあがった傷痕があるので、テロリストのリーダーのケルセンだとわかる。

ケルセンは遠隔起爆装置を持っている。

距離があるので、ダートガンは使えない。カブリーヨがサブマシンガンを肩からさっと取ると同時に、ケルセンがＡＫ‐47で撃った。カブリーヨは甲板を横に転がり、うしろで銃弾が跳ね返った。カブリーヨはすぐさま膝立ちになって狙おうとしたが、ケルセンはすでに姿を消していた。

「やつはブリッジから出ていった」ゴメスがいった。

カブリーヨは上部構造に向けて駆け出した。「救命艇を目指しているにちがいない」たいがいのタンカーの救命艇は、重みを利用してボートダビットから自動的に水面に滑り降りる仕組みになっている。「安全な距離に離れてから、遠隔装置で爆弾を起爆させるつもりだ」ケルセンが自爆任務を計画していたのであれば、すでに爆発させていたはずだった。「ハリ、主貨油移送ポンプ室の爆弾を見つけて、三個すべてが船から離れたところで爆発するようにしてくれ」

「アイ、会長」

カブリーヨは出入口をあけて、なかにはいり、階段を目指した。非常口の矢印が、船尾の救命艇の場所を示している。

カブリーヨが非常口を出て、ボートダビットの上に出たとき、ケルセンがオレンジ色の救命艇に跳び込んでハッチを閉めるのが見えた。

カブリーヨは立ちどまってサブマシンガンの狙いをつけたが、発砲したときには救命艇がすでにレールを滑りおりていた。弾丸がポリカーボネートの窓に当たったが、ひびがはいっただけだった。ケルセンが死人のような目でカブリーヨを見つめたが、救命艇が水面を割ったためにそれも見えなくなった。

カブリーヨが手摺のところへ行くと、弾丸形の救命艇が海に潜ってから浮きあがり、電動機で航走して遠ざかっていった。すこし離れたところで、老朽化した貨物船が、インドネシアの島の海岸線に沿って航行していた。ケルセンには、その船がどこから現われたのかを考えている余裕がなかった。

カブリーヨは、モラーマイクで送信した。「オレゴン号、自由射撃。救命艇を破壊しろ」

「自由射撃、アイ」応答があった。

二本ある前部デリックポストの一本のてっぺんから、球形の覆いがするするとおりてきて、物騒な外見の連装ガットリング機関砲が現われた。カシュタン・コンバット・モジュールと呼ばれる、ロシア製の近接防御システムで、回転する六銃身の連装機関砲から、タングステンが弾芯《だんしん》の三〇ミリ徹甲弾《てっこうだん》が一分間に一万発の発射速度で撃ち出される。

カシュタン連装機関砲が生命を帯びたように回転しはじめ、救命艇に照準を合わせた。弾丸の奔流《ほんりゅう》が吐き出されて、明るく輝く曳光弾《えいこうだん》がまるで槍《やり》のようにのびていった。

巨大な丸鋸《まるのこ》のような音が大気を切り裂いた。救命艇がケルセンや遠隔起爆装置もろとも粉みじんになった。一秒とたたないうちに、燃える残骸《ざんがい》があるだけになった。「敵影はすべて消えた、オレゴン号」自分の船が大海原《おおうなばら》で航行しているのをはじめて目にしたとき、カブリーヨの背すじを電撃が突き抜けた。

カブリーヨは、くたびれた貨物船をじっと見た。それが特殊なメタマテリアル塗装に覆われていることは、むろん知っている。なにが起きるかわかっていても、畏怖《いふ》の念を感じずにはいられなかった。オレゴン号の船体表面が電荷を帯びると、色が変わる。錆《さ》びた貨物船が、船尾寄りに白い上部構造と黒い煙突がある輝く濃紺の貨物船に変身するのを、カブリーヨは見守った。〈ダハール〉の船尾右舷から、一海里も離れていなかった。

カブリーヨが装備を改良した新オレゴン号を遠くから見たことがなかったのは、建造中はずっと覆いをかけた乾ドックに収まっていたからだった。カブリーヨは長いあいだこの瞬間を待ち望んでいたので、舳先《へさき》から艫《とも》までじっくり眺めると、はち切れんばかりの誇りを感じた。

新オレゴン号は、全長一八〇メートル、在来貨物船《ブレーク・バルク・キャリアー》と呼ばれる船種で、コンテナ、箱、木枠、樽《たる》などあらゆる種類の貨物を積むことができ、甲板にデリックが四基ある。デリックひと組がデリックポスト二本から成る双立型で、デリックブームがそれぞれ反対側のポストに向けてのびて、固定され、H字をこしらえている。カシュタン機関砲は、前部デリックポストのてっぺんに装備されていた。覆いがあがっていって、ふたたび機関砲を隠蔽《いんぺい》した。平凡な外見の貨物船に数多くの思いがけない装備が隠されていて、そのひとつが機関砲だということは、だれにもわからないようになっている。

食器洗い機ほどの大きさの物体が、オレゴン号の甲板のなかごろから上昇した。勢いよく空に向けて飛びあがり、〈ダハール〉に近づいた。それはオレゴン号の貨物《C》輸《A》送ド《D》ローンだった。オクトコプター型で、収納できる鉤爪《かぎづめ》で最大四五〇キログラムの荷物を運ぶことができる。

カブリーヨは、オレゴン号から目を離して、ブリッジのほうを向いた。

「現況は、ハリ？」

「ゴメスがＣＡＤをこっちに向けて飛ばしてます。爆弾は吊りあげる準備ができてます。タイマーの残り時間は一分です」

カブリーヨがブリッジに着いたときに、ＣＡＤが〈ダハール〉の上に降下してきた。船首の上でＣＡＤがホヴァリングし、カブリーヨが見ていると、リンダがダッフルバッグをCADの鉤爪にひっかけた。

それを確実に吊るすと、CADは上昇して、ハリの位置へ行った。

CADはカブリーヨから数メートルしか離れていないハリの頭上でホヴァリングし、ブレードが死を予告する女妖精バンシーのような甲高い叫びを発した。爆弾二個がはいっているダッフルバッグを、ハリが鉤爪にひっかけ、あとずさった。

「行け、行け、行け」ハリが叫んだ。

「離脱する」ゴメスが応答した。

CADが急上昇し、オレゴン号と〈ダハール〉から離れたところへ向かった。

カブリーヨは、CADが水平線に向けて飛ぶのを見送りながら、頭のなかでカウントダウンした。ようやくゴメスがいった。「二〇〇〇ヤード離れました」

「じゅうぶんだろう」カブリーヨはいった。「爆弾を捨てろ」

「爆弾投下」

CADから小さな点が落下し、速度をあげたCADが遠ざかった。爆弾を入れたバッグが水面に当たり、まばゆい閃光《せんこう》がほとばしって、巨大な水柱が高く噴きあがった。三秒後に雷鳴のような音が、〈ダハール〉を揺さぶった。

カブリーヨは、CADを見失っていた。「CADは爆発から逃げられたか？」カブリーヨはきいた。

「全システム、完璧に機能しています」ゴメスがいった。「話をしているあいだに、もう戻ってきます」

カブリーヨは、ほっと安堵《あんど》の息をついた。前回の任務では、南アメリカでとてつもない損害をこうむったので、死傷者もなく、装備を失わずにこの任務を終えてほっとしていた。

カブリーヨは、ブリッジの張り出し甲板に出て、〈ゲイター〉のほうを見おろした。ハリがすでに乗り込んでいた。カブリーヨは船首のほうを向いて、二〇〇メートル離れたところにいるリンダとエリックに手をふった。

「リンダ、敵の身柄は確保したか？」

「こいつらは、だれかにいましめをほどいてもらわない限り、どこへも逃げられないわよ」リンダが答えた。「それに、ダートは回収した」

「よし。それじゃ、エリックといっしょに〈ゲイター〉に戻ってくれ」

「そうする」

カブリーヨは、テロリストたちを一カ所に集めたかったが、鎮静剤でぐったりしている男たちをひきずって大型タンカーの船内を運ぶのはかなりたいへんだろうし、マレーシア海上法令執行庁の部隊が、三十分以内にヘリコプターで到着する。それに、下船する前に防犯カメラの録画をすべて消去しなければならない。こういう新型船には、いたるところに防犯カメラがある。

「チクタク。時計の針が動いてるぜ」マックスがいった。「どうして黒ずくめの悪党みたいな格好でここにいるのかって、答えにくい質問をされたくない」

「もっともな意見だね」カブリーヨは、自分たちが映っている録画を消去するために、ブリッジにひきかえした。「しかし、閉じ込められた乗組員をほうっておくわけにはいかない。すぐに行く。食堂へ行って、錠前にカッターを取り付ける。離れるときに作動するようにする。みんな、よくやってくれた。オレゴン号に戻ったら、わたしのつけでマルガリータを飲んでくれ」

全員が歓声をあげた。「どんちゃん騒ぎはやめておけ」マックスがいった。「二日後にバリにいかなきゃならないし、あしたは作戦に備えてやらなければならないことが山ほどある」

「興冷まし《キルジョイ》中佐がいったことを聞いただろう?」カブリーヨはからかった。「ひとり一杯ずつだ」

わざとうめくのが聞こえた。

「グラスのサイズは問わない」

また歓声があがった。あしたに響いてもかまわないと、カブリーヨは思った。今夜は祝杯をあげるべきだ。

なにしろ、オレゴン号が正式に作戦に復帰したのだから。


ラハール船長と乗組員は、爆発音を聞いたとき、船内で起きたのではないと気づいた。かなり遠い音だった。救助に駆け付けたヘリコプターが撃墜《げきつい》されたのだろうと考えたものが多く、意気消沈した。それからしばらくして、丸鋸のような機械音が大きく響いたので、よけいわけがわからなくなった。

爆発の十五分後、食堂のドアのロックされたノブから煙が出はじめた。乗組員たちはあとずさり、ドアが急にぱっとあいたのでびっくりした。ラハールはそっと廊下に出た。だれもいなかった。

一等航海士がつぎに出ていって、焼け焦げたドアロックを、唖然として見つめた。

「なにがあったんでしょう?」

ラハールは、甲板に転がっていた熔《と》けた金属を調べた。「見当もつかない。いっしょに来い。ようすがわかるまで、あとのものはここにいろ」

ラハールと一等航海士は、角を曲がるたびにテロリストと鉢合わせするのではないかと心配しながら、ブリッジへあがっていった。

だが、ブリッジにはいると、だれもいなかった。

一等航海士が、すばやくシステムを点検した。「運航状態は正常です。機関、ポンプ、貨油に異状はありません。すべて正常に機能しています」

「やつらはいったいどこへ行った？」ラハールは、疑問を口にした。「あのスピードボートは行ってしまったのか？」

一等航海士が、航海船橋に出て、下を指差した。「船長、見てください」

ラハールがそこへ行くと、テロリストひとりが甲板に倒れていた。さらにふたりが、テロリストのスピードボートに倒れ、三人とも縛られて身動きしていなかった。

ふたりはブリッジに戻り、防犯カメラの画像を確認した。さらにふたりが船首のパイプに縛り付けられ、べつのふたりが機関室の手摺に手首をつながれていた。救命艇は発進したようで、バラバラになって船尾の向こうに浮かんでいた。

「さっき聞こえた爆発はあれですかね？」一等航海士がきいた。

ラハールが推測をいう前に、無線機からアメリカ英語の声が聞こえた。

「〈ダハール〉こちらはあなたがたの右舷後方にいるノレゴ号だ。支援が必要か？」

ラハールがふりむくと、驚いたことに一海里の距離に一隻の船が見えた。〈ダハール〉の半分くらいの大きさの在来貨物船だった。

「ノレゴ号、受信している。どこから来たんだ？　レーダーによれば、一時間ほど前には、われわれの三〇キロメートル後方にいたはずだが」

「データの読みちがいでしょう。あなたがたが停船したとき、われわれは一〇キロメートルしか離れていなかった。あなたや乗組員に異状はありませんか？　救命艇が発進して爆発するのを見ました。それに、マレーシアの警備部隊のヘリコプターが接近しているのを捉《とら》えています」

運命が好転したことにまだ呆然《ぼうぜん》としていたラハールはいった。「シージャック犯に攻撃されたが、ひとり残らず取り押さえた」

「それはすごい朗報ですね。あなたがたの緊急事態への対応に、船主もマレーシア当局も、さぞかし感銘を受けることでしょう」

ラハールは、一等航海士と目配せをかわした。〈ダハール〉が確実に破壊されるのを防いだのを自分たちの手柄にすれば、巨額のボーナスをもらうのに値する働きと見なされるはずだ。

「そうだね。シージャックが阻止《そし》されたことに、彼らはおおいによろこぶだろう」ラハールは答えた。

「では、ごきげんよう。気をつけて」

「そちらも」

ラハールは、ハンドセットを戻して、そばを通り過ぎる貨物船を不思議そうに見た。奇跡のような出来事がどうやって起きたのか、さっぱりわからなかったが、守護天使に救われたのだという気持ちを払いのけることができなかった。

8

ティモール海

アメリカの調査船〈ナマカ〉の最上甲板に立っていたシルヴィア・チャァンは、午前中の陽射しを避けるために手庇《てびさし》をこしらえて、無人ジェットスキーのように見える水上ドローンに目の焦点を合わせた。そのドローンは全長九〇メートルの〈ナマカ〉に向かって、東から接近していた。シルヴィアの独創的なアイデアの成否を記録するために、〈ナマカ〉とほぼおなじ大きさのオーストラリアの調査船〈エンピリック〉が、一海里東で踟躕《ちちゅう》（動力船の場合、機関をある程度運転してほぼおなじ位置を保つこと）している。

シルヴィアは、手の感覚がなくなるくらい強く手摺を握りしめ、落ち着いた呼吸をするのに苦労していた。シルヴィアはプロジェクトの主任物理学者なので、実験の結果に今後の仕事人生が左右される。プラズマ・シールドが広い海でも有効かどうかを確認するのが、実験の目的だった。

小さなボートに乗った自爆テロリストによって、イエメン港内でミサイル駆逐艦《くちくかん》〈コール〉が沈没しかけたときから、アメリカ海軍は小型船の攻撃から艦船を護る手段を模索していた。このテクノロジーが完成すれば、民間船舶もシージャック犯や海賊を撃退することができる。マラッカ海峡でのタンカー〈ダハール〉に対する襲撃が失敗したことが、二日前に報告され、シルヴィアはいっそう、自分の創造物――身を護る皮が頑丈なサイに因《ちな》んで〝ライノー〟という暗号名が付けられた――が緊急に必要とされていることを痛感した。

基本的に、いたって単純なアイデアだった。〝ライノー〟は、レーザーを使用して小さなプラズマ爆発の厚い楯《シールド》を投影する。接近する船やドローンの正面で、爆竹くらいの威力の爆発が無数に起きる。乗っている人間が焼死しないように、船はひきかえすしかない。ドローンは電子機器がオーバーヒートして飛べなくなる。

とにかく理論上は、そうなるはずだった。

陸上での実験では、要求された検査項目《ベンチマーク》がいずれも達成されたが、もっとも重要なテストは環境をコントロールしにくい海でやる必要があった。〝ライノー〟が現実の世界で機能するとわかれば、国防高等研究計画局《DARPA》が今後五年間、シルヴィアのプロジエクトに予算を提供するはずだった。そうならなかったら、三十歳になる前に失職するおそれがある。

　オーストラリアのDARPAに相当する機関、国防科学技術機構《DST》には、この設計の重要な要素に関するテクノロジーの知見があるので、シルヴィアはプロジェクトにDSTを参加させた。オーストラリア側が、ダーウィンの二〇〇海里西の主要航路から遠く離れた広い水域でテストを行なうよう提案した。インドネシアの南のその位置なら、ひと目に触れずに実験を行なうことができる。

　シルヴィアは、〈エンピリック〉に視線を戻して、腰から無線機をはずし、送話ボタンを押した。「マーク、そっちの準備はいい？」

「クロコダイル・ダンディーはナイフを持ってるに決まってるだろ？」

　シルヴィアはあきれて目を剝《む》き、マーク・マーフィーの姿を思い浮かべた。けさ最後に見たときには、コンピューターの前の椅子にくつろいで座り、〈レッド・ブル〉を飲んでいた。黒いTシャツに、〝だけど、おれの表情に関係なく、あんたはしゃべってる〟という文句が描かれていた。

「オーストラリアのひとたちは、さぞかしあなたのユーモアのセンスが気に入っているんでしょうね」シルヴィアはいった。

「みんなそういってるぜ。〝マーフィーはウィジング・ヨッボウかもしれないが、ドロンゴウじゃない〟って。オーストラリアでそれがどういう意味なのか、まだ調べてないけど、褒《ほ》めてるんだと思う」

さまざまな分野の博士号を持つマーフィーは、まだ二十代だが、〈エンピリック〉ではもっとも頭がいい人間だから、〝不平ばかりいう悪たれだが馬鹿ではない〟という意味だと知っているにちがいないと、シルヴィアは思った。だいいち、〈エンピリック〉のオーストラリア人たちが、そんなことをいうはずがない。

マーフィーは、本職を離れてＤＡＲＰＡに貸し出されていた。シルヴィアがいくら探りを入れようとしても、その本職についてはほとんど聞き出すことができなかった。ただ、前職がアメリカ軍のための兵器設計だったことはわかっている。シルヴィアがこのプロジェクトにマーフィーを名指しで参加させたのは、彼の独創的な技倆と分析力が比類ないからだった。この仕事についてシルヴィアが打診したときに、マーフィーはひとつだけ条件を出した。自分が働いている組織に、ＤＡＲＰＡが基幹テクノロジーを提供すること。かなり論争した末に、マーフィーは〝ライノー〟プロジェクトに参加し、彼の存在がきわめて貴重だということを実証した。

「テストをはじめましょう」シルヴィアはいった。

「あんたがボスだ」マーフィーがいった。

シルヴィアは、研究助手のケリーのほうを向いていった。「レーザーを始動して」

ケリーが自分の無線機で指示してから、答えた。「レーザーの準備ができ、自動化センサーを作動しました」

「よし」シルヴィアは、ふたたびマーフィーにいった。「ドローンをよこして」

「そっちに向かってる」ゆっくり円を描いていた水上ドローンが、不意に〈ナマカ〉めがけて突進しはじめた。「心配するな、シルヴィア。あんたの計算を確認した。うまくいくはずだ」

「ありがとう、マーク。やさしいのね」

「おい、悪たれ《ヨッボウ》だっていう評判を台無しにしないでくれ」

「ごめんなさい」

真実が判明する瞬間だった。シルヴィアの胸が高鳴った。肩から吊るしていたタブレットを持ちあげて、〝ライノー〟装置が送ってくるデータがすべて正常だというのを見てとった。ほかにやることはない。じっと待ち、観察するだけだ。

水上ドローンが三〇〇ヤード以内に近づいたとき、脅威の接近を予期して出力をあげたレーザーのうなりが聞こえた。ドローンが二〇〇ヤード以内に達すると、何基もあるレーザーがバリバリという音をたてた。

シルヴィアはもちろん作動中の〝ライノー〟を何度も見ているが、見るたびに息を呑んでしまう。ドローンの周囲の空気が多彩な炎の小さな泡数千個によって明るくなり、陽光が屈折して、まばゆい光の列に変わった。

ドローンは、プラズマ・シールドに突入すると、瞬時に駆動力を失い、惰性《だせい》で進んで距離一〇〇ヤードのところで停止した。高熱にさらされた部分が、すこし焼け焦げていた。攻撃のために爆発物を積んでいたとしても、それだけ離れていれば、船に多少の損害が生じる程度か、あるいはまったく損害を受けないはずだった。

「シルヴィア」マーフィーが無線で呼びかけた。「最高だったぜ。電子機器が死ぬ前にドローンが送ってきたデータは、予想どおりだった。ドローンに人間が乗ってたら、焼かれてるとわかって、あわててひきかえしたはずだ」

ケリーが拳《こぶし》を突きあげ、シルヴィアを思い切りハグした。

シルヴィアは、送話ボタンを押すと同時に、〈ナマカ〉の船内放送のスイッチを入れた。「よくやった、みんな。ものすごく大きな技術的革新《ブレークスルー》を達成したのよ。みんなが一所懸命やってくれたことを誇りに思う。ほんとうにありがとう。それじゃ、ドローンを回収して、つぎのテストの準備をしましょう」

〈ナマカ〉が回頭し、ドローンを回収するために東へゆっくりと進みはじめた。

ケリーが、無線連絡を受けていった。「シルヴィア、二度目のテストはできないかもしれないわ」

「どうして?」

「未詳の船がそばを通るから」

「こんなところで?」

ケリーが、二海里北の船を指差した。たまたま航行している貨物船かクルーズ船だろうと思って、シルヴィアは双眼鏡を手にした。

そうではなく、船体が三つある奇妙な形の船だった。その三胴船《トリマラン》は、〈ナマカ〉よりすこし小さかった。それがかなりの速力でまっすぐ近づいてくる。

「何者かしら?」

「無線で呼びかけても応答しないと、船長がいってます」

トリマランが急に向きを変え、減速して、踟躕《ちちゅう》した。

「変ね」シルヴィアはいった。「なにをやっているのかしら?」

ケリーが肩をすくめた。「ビリオネアのヨットかもしれない。お金持ちは変わってるから」

トリマランの船体のなかごろで真っ赤な閃光が輝き、シルヴィアの注意を惹いた。大砲の砲口炎《ほうこうえん》のように見えた。つぎの瞬間、〈ナマカ〉に灼熱《しゃくねつ》の爆風が襲いかかり、それがブリッジを貫いて、あたりが火の海になった。大砲のはずはない。二海里の距離から、瞬時に弾着する砲弾などない。

シルヴィアは科学者だが、パニックのせいで論理的な分析ができなくなった。

「船から避難しないといけない」ケリーに向かって叫んだが、恐怖のとりこになっていたケリーは耳を貸さなかった。船内のほうが安全だと思い込み、いちばん近い水密《すいみつ》戸《ど》に走っていって、その奥に姿を消した。

その瞬間、トリマランがつぎの強烈な射撃を放った。

シルヴィアが身をかがめたとき、未知の兵器が発射したなにかがすぐそばに激突し、ケリーがはいっていった水密戸を粉砕した。

爆発の勢いで、シルヴィアは手摺の向こうへ飛ばされた。海中に落ちていく前に最後に意識したのは、服が燃えているということだった。

9

インドネシア、バリ

バンの窓がない後部に乗っていたレイヴン・マロイには外が見えなかったが、道路を走っている時間から判断して、インド・ジハードのテロリストたちが、東南アジア・サミットがひらかれているデンパサール会議場に向かっているのではないとわかった。レイヴンはテロ組織に潜入していたが、その日に彼らが攻撃するターゲットはまだ突き止めていなかった。

インド・ジハードは細胞《セル》単位で活動しているので、レイヴンが顔を知っているのはバンに乗っているテロリストのなかの数人だけだったが、組織にはかなりの人数がいることがわかっている。この細胞が阻止されても、攻撃は続行される。攻撃計画を調べあげるのが、レイヴンの任務だった。

「不信心者《カーフィル》を殺しにいくんだと思ってた」レイヴンは、流暢《りゅうちょう》なアラビア語でいいながら、あてつけがましくバンの車内を見まわした。彼らが持っているのはバックパック一個だけで、乗るときに手で押さえたとき、柔らかい布地の感触しかなかった。武器ははいっていない。

「そうだ」テロリストのリーダー、シンドゥクがいった。その名前しか明かされていなかった。

「でも、ターゲットは経済サミットじゃないの？」暑さにもかかわらず、パンツスーツを着てヘッドスカーフで髪を覆うよう命じられていたので、公式行事の場でも怪しまれることはない。バンに乗っている男は、全員スーツ姿だった。

「やつらは、われわれがそこを攻撃すると思っている。だから、もっと適切なターゲットを選んだ」

「なにを？」

シンドゥクは、それには答えず、レイヴンを覗き込むように見た。ようやく口をひらいた。「われわれの同胞が〈ダハール〉を乗っ取ろうとして捕まった。なにがあったと思う？」

レイヴンは、躊躇《ちゅうちょ》せず答えた。「わたしが知るわけがないでしょう」

だが、なにがあったかは知っていた。襲撃がまもなく行なわれることをオレゴン号に報《しら》せたのは、レイヴンだった。テロ集団とのやりとりで、たまたま携帯電話に暗号化されたショートメールがあるのを見つけた。それに〈ダハール〉とマラッカという単語があった。オレゴン号が出航して、きわどいところで〈ダハール〉に追いつき、襲撃を阻止した。

「われわれの集団のだれかがスパイか、あるいは不注意だったのだと思う」シンドゥクがいった。

シンドゥクの左右の男が、無表情でレイヴンを睨みつけた。

「わたしだと思ってるの？」レイヴンはいった。

「いや、そうじゃない。じつは、ボートを操縦していたやつだったと思ってる。タンジュンという名前だ。シリアでＩＳＩＳに加わって戦っていたと主張していたが、その経歴が偽物《にせもの》だとわかった」

それは、シージャック犯が逮捕されたあとでＣＩＡが流した偽情報だった。レイヴン以外の人間を疑わせるためで、それがうまくいったようだった。レイヴンは、〈コーポレーション〉に参加する前はアメリカ陸軍憲兵の捜査官で、その後、要人警護の専門家になった。ネイティヴアメリカンなのだが、褐色の肌と漆黒《しっこく》の髪のせいで、インド人、アラブ人、ラテンアメリカ系だとよくまちがわれる。それによって任務の際に、さまざまな役割を演じることができる。いまはジャカルタ在住のサウジアラビア人聖戦主義者《ジハーディスト》という触れ込みで通っている。正体がばれない完璧な経歴だった。

それでもシンドゥクは疑っているようだった。

「まだわたしを疑ってるのね？」レイヴンは問い詰めた。「主義のためにあれだけのお金を確保したのに」

「おれは用心深いんだ」

レイヴンは緊張し、必要とあれば戦う覚悟を決めた。緊急事態にチームが救い出しにくるまで、時間がかかる。

「そっちとのあいだに二台挟まってる」甘ったるいルイジアナなまりの声が、レイヴンの耳に届いた。メアリオン・マクドゥーガル・〝マクド〟・ローレスが、モラーマイクを通してレイヴンの話を聞いていたのだ。「いいかい、首都に戻る車の流れはいわゆる、脂っこい火曜日《マルディグラ》のパレードなみにのろいんだ。これがフェイントだとしたら、会議場に戻るのに一時間かかる」

「それじゃ、どうしてわたしを連れてきたのよ？」レイヴンはシンドゥクにきいた。

「腕前を見せてもらうためだ。ほんとうに主義に打ち込んでいることを、おれの前で示せ」

「どうやって？」

自爆テロではない。それならバックパックに爆弾がはいっているのが、感触でわかったはずだ。

「アメリカはサミットに上院議員をふたり派遣した。明らかに、アメリカの注意を惹くことができる高価値のターゲットだ」

「でも、会議場には近づいていない」レイヴンは指摘した。

「デンパサール会議場周辺の警備は厳重で侵入できない。会議場のホテルの一キロメートル以内に接近する前に阻止されるだろう」

「でも、そのふたりがここにいるあいだに襲撃したいんでしょう」

「ここにいるあいだにやらなければならない。アメリカ人は傲慢《ごうまん》だ。攻撃されても平気だと思い込んでいる。だが、どこにいようが安全ではないことを思い知らせる」

シンドゥクがバックパックを取り、ジッパーをあけた。なにかの衣類を取り出して、レイヴンのほうに投げた。

「それを着ろ」

小さな布切れのようなものを、レイヴンは持ちあげた。ブルーとグリーンのビキニだった。

「冗談でしょう」レイヴンはいった。

「おまえは背が高いが、サイズは合うはずだ。観光客に溶け込む必要がある。心配するな。巻きスカートもある」透けて見える布をレイヴンに渡した。

男たちがスーツを脱ぎ、カラフルなタンクトップとスイムトランクスをその下に着ていたことがわかった。スーツを着ていたのは、欺《あざむ》くためだったのだと、レイヴンは気づいた。

「心配するな」レイヴンの不安気な表情を誤解して、シンドゥクがいった。「おれたちの前で着替える必要はない」

だが、レイヴンが懸念《けねん》していたのは、べつのことだった。着替えるとチームと連絡できなくなる。モラーマイクの送受信機はいま着ている服に巧妙に隠されている。

バンが向きを変えて速度を落とした。目的の場所に近づいているようだった。

それと同時に、マクドの声が耳に届いた。「あれはなんだ？　こいつらはなにをやろうとしてるんだ？」

バンがとまり、シンドゥクがスライド式のドアをあけた。マクドがまごついている理由を、レイヴンは即座に悟った。

そこは海沿いの断崖《だんがい》の間際にある広大な駐車場だった。人混みができている入場口の上に〝オーシャンランドにようこそ〟と描かれた大きな看板があった。高い生け垣がその左右にのびている。ウォータースライドが向こう側にそびえているのが見えた。

「ウォーターパーク?」レイヴンはいった。

「バリでいちばん新しく、いちばん広い」シンドゥクがいった。「外国人にものすごく人気がある」

「どういう計画?」入場口に金属探知機があり、警備員がバッグの中身を調べていることに、レイヴンは気づいた。「武器は持ち込めない」

「だからわれわれは、細胞をそれぞれ独立させ、問題がひろがらないようにしてる。なかに銃を用意してあるし、仲間もいる。それに」不気味な口調でつけくわえた。「いざという場合には、べつの計画もある」

シンドゥクがほんの一瞬、ジャングルに覆われた近くの島とのあいだの水路に目を向けた。だが、レイヴンに見えたのは、朝に獲れた魚を取り込んでいる一艘のちっぽけな漁船だけだった。

「それで、わたしの役目は?」

シンドゥクが、小さなセラミックのナイフをレイヴンに渡した。「これなら問題なく金属探知機を通れるだろう」

「それでどうしろというの？」

「アメリカの上院議員の配偶者たちが、サミットが行なわれているあいだ、一日ずっと子供たちと遊んでいる」用心深くレイヴンを眺めながら、シンドゥクがいった。

「おまえがほんとうに仲間だというのを証明するために、そのナイフを使って、やつらの家族をひとり殺せ」

10

ティモール海

シルヴィア・チャァンの服はぼろぼろになっていたが、火傷《やけど》はたいしたことがなかった。〈ナマカ〉がバラバラに破壊されるあいだ、襲撃されたために母船に引き揚げられなかった実験用ドローンにしがみついて、恐怖におののきながら眺めているほかに、なにもできなかった。自分たちがターゲットにされた理由は想像もつかなかったが、〈ナマカ〉を撃沈するために敵性トリマランが使用した兵器の種類はわかった。あれはプラズマ・キャノンにちがいない。

そのことに気づいて愕然《がくぜん》としたが、そうとしか考えようがなかった。

シルヴィアは、〝ライノー〟プラズマ・シールドの研究を通じて、プラズマ・キャノンの基本概念に詳しくなったが、そういうとてつもない技術的革新を成し遂げた人間がいるとは想像もしていなかった。これがちがう状況であれば、欣喜雀躍《きんきじやくやく》したはずだった。だが、いまはただ恐ろしいだけだった。

もちろん九〇年代にローレンス・リヴァモア国立研究所で戦略防衛構想のために行なわれたMARAUDER実験のことは、仄聞《そくぶん》していた。MARAUDERは、超強《マグネテ》力指向性エネルギーおよび放射を発生させるための電磁加速リング《イカリー・アクセラレイテッド・リング・トゥー・アチーヴ・ウルトラハイ・ダイレクテッド・エナジー・アンド・ラディエイション》の略語で、超高熱のイオン化したガスをドーナツ型のリングに変えて、すさまじい高速で撃ち出すというものだった。何人かは、秒速三二〇〇キロメートルに達するはずだと推定していた。MARAUDERプロジェクトは、初期段階で成功したため、アメリカ軍は秘密扱いに指定した。しかし、最高の保全適格性認定資格《セキュリティ・クリアランス》を有するシルヴィアですら、プラズマ兵器のその後の研究に関する情報はなにも見つけられなかったので、つぎの段階で失敗し、プロジェクトが解散させられたにちがいないと思っていた。

しかし、プラズマ・キャノンが実現しただけではなく、すさまじい破壊力を持っていることが、ここで証明された。〈ナマカ〉は、数分のあいだに燃える骨組みと化し、船尾から沈みはじめていた。シルヴィア自身も、あっという間に海に呑み込まれても不思議はなかった。

どういうわけか、もう一隻の調査船〈エンピリック〉は、ほとんど被害を受けていない。マスト数本が熔けて、無線や衛星通信が使えなくなっただけだ。

さらに奇妙なのは、トリマランがべつの兵器も使用したことだった。ロケット弾を〈エンピリック〉に向けて発射し、それが真上で爆発して細かい霧が降り注いだ。そのあと、〈エンピリック〉はトリマランに破壊されなかったのに、逃げようともしなかったし、甲板上になんの動きも見られなかった。オーストラリアの調査船〈エンピリック〉は、そこに浮かんだまま、まるで幽霊船のように漂っていた。

正体不明のトリマランがこそこそと逃げていかず、ドローンと沈みかけている〈ナマカ〉のほうへ近づいてきたので、シルヴィアは海からあがってドローンの上によじ登ることができなくなった。シルヴィアはドローンがトリマランと自分のあいだにあるように位置して、その蔭から片目で覗いていた。

トリマランが速力を落とし、一二ヤードしか離れていないところで停止した。まるで〈ナマカ〉の船首が水面の下に消えてゆくのを、満足気に眺めているようだった。

シルヴィアは、目印になる標章がないかと目を凝《こ》らしたが、トリマランにはステンシル文字の船名がなく、旗も翻《ひるがえ》していなかった。目に留まった特徴はただひとつ、四人の男がおそるおそる運んでいた大型のプラスティック容器のロゴだけだった。星形の爆発の模様を背景に、しゃれた感じで重ねられた白いAとBが描かれていた。男たちは容器の中身の取り扱いに用心している感じだった。

彼らがどこの国の出身なのか、シルヴィアには見当がつかなかった。ふたりがしゃべりはじめると、すぐに中国語だとわかった。シルヴィアの母親はアイルランド系だったが、父親は上海出身だった。シルヴィアはカリフォルニア北部で生まれ育ち、父親のおかげで中国語の単語がいくつか理解できるだけだが、まちがいないと思った。

男たちは手摺越しに水面を眺めて、なにかを探していた。ひとりが指差して叫び、アサルト・ライフル一挺《ちょう》が海に向けて弾丸を放った。

三十代のアジア系の女が、甲板に駆けだしてきて、男たちに撃つのをやめろと中国語で命じた。おなじ年代の白人が、彼女のあとから走ってきた。

「なにがあった？」男がオーストラリアなまりの英語でいうと、中国人の男がおろおろして縮こまった。

女が英語に切り換えた。「生存者を探してて、見つけたと思って撃ったのよ。事故に見せかける必要があるから撃つなといったの」

「人間か？」

「いいえ、さいわい残骸だった。まだ生存者は見つかってない。キャノンがきちんと仕事をしたようね」

白人が、〈エンピリック〉に目を向けた。「あの船はどうする？」

「〝エネルウム〟（ラテン語でぐったりする、感覚がなくなる、無力になる、というような意味）が思ったとおりの効果を発揮したようだけど、ここを離れる前に確認しないといけない。きょう実験をやるのはわたしたちのほうだということを、やつらは知る由《よし》もなかった」女がくすくす笑ったので、〈ナマカ〉にいて死んだケリーやそのほかの仲間のことを思い、シルヴィアは吐き気を催した。〈エンピリック〉に乗っていたマーク・マーフィーの顔が頭をよぎり、どうなっただろうと考えて胸苦しくなった。

「あれはなに？」アジア系の女がきいた。

「水上ドローンだ。沈めたほうがいいと思う」アサルト・ライフルのコッキングレバーを引く音がシルヴィアに聞こえた。潜ろうと思ったが、浮上したときには隠れ場所がなくなっているはずだった。

「だめよ。事故に見せかけるんだから。そのままにしておけばいい。なにが起きたのか、よけい謎が深まるでしょう」

数分後、トリマランの機関の回転があがり、一海里離れた〈エンピリック〉に向けて進みはじめた。オーストラリア船の甲板に数人があがるのが見えたが、長くはいなかった。数分後にトリマランに戻ってきた。トリマランは、ダーウィンの方角へ去っていった。

トリマランが〈エンピリック〉を破壊しなかったことに、シルヴィアは嫌な予感をおぼえたが、水平線に見える船はそれだけだったので、そこにいてくれるのはありがたかった。

シルヴィアは、浮かんでいるドローンという安全な場所をあとにして、なにを目にすることになるだろうと恐怖にすくむ思いで、〈エンピリック〉に向けて長い距離を泳ぎはじめた。

11

バリ

カブリーヨとおなじように以前はCIA工作員で、いまはオレゴン号の陸上作戦部長のエディー・センは、フロントシートに座り、レイヴンが乗っているバンを監視していた。そのSUVをとめてある一〇〇メートルほど離れたスペースから、シンドゥクと男四人が、レイヴンが着替えるあいだバンのまわりにたむろしているのが見えた。

「ここで排除したほうがいい？」レイヴンがモラーマイクでそっと伝えた。

「だめだ」エディーは答えた。「やつらはいま武器を持っていない。パーク内に爆弾か武器を持った仲間がいるにちがいない。国務省に問い合わせたが、上院議員の家族には警護班がついていない。送ってきた車に警備員がひとりいるだけだ。街の中心の会議場に注意がすべて向けられている。それに、危険があることをパークに通報したら、避難がはじまって、シンドゥクのべつの細胞《セル》が計画をただちに開始するだろう」

「それじゃ、どういう計画？」

「マクドが先に入場した。彼がきみに目を配る。リンクとわたしは、きみのあとからはいっていく」

シンドゥクがバンのドアを叩いて、なにかどなった。

レイヴンがさらに声を落とした。「もう行かないと」

「われわれのうちのひとりが、かならずきみを視界に捉えているようにする。あらゆることに備えていてくれ」

「了解」

ドアがあき、レイヴンがビキニのスポーツブラ、巻きスカート、ビーチサンダルという格好で出てきた。テロリストたちが、長身の引き締まった体をいやらしい目つきであからさまに眺めた。

レイヴンがアラビア語でなにかをいい、男ふたりがすぐさまあとずさるのがエディーのところから見えた。渡されたナイフでなにができるか、レイヴンが脅しつけたにちがいない。

六人がウォーターパークに向けて歩きはじめると、フランクリン・〝リンク〟・リンカーンが、SUVのサイドウィンドウのそばに現われた。エディーとおなじようにTシャツとジーンズ姿なので、パーク内で溶け込むのは難しいが、車内にはここに合うような着替えを用意していなかった。ふたりの共通点は、その服装だけだった。ニューヨークのチャイナタウン育ちのエディーは、格闘技の稽古《けいこ》のおかげで、瘦せているが強靭《きょうじん》な体つきだった。近ごろはレイヴンを相手に稽古をやることが多くなっている。リンクはデトロイト中心部の出身で、プロレスラーのザ・ロックの従兄弟《いとこ》かと思うような風貌だが、筋肉はもっと盛りあがっている。リンクは海軍SEALで凄腕のスナイパーとして語り草になっている偉業を成し遂げ、それで〈コーポレーション〉に注目された。

リンクが、にやにや笑いながら、スーパーパス付きのリストバンド二本を差し出した。

「どこで手に入れた?」エディーが、SUVからおりながらきいた。

「最高値でおれに売って儲《もう》けようと考えたティーンエイジャーふたりから買った」リンクがいった。「これがあれば列にならばずにすむ」

「あんたは名案の宝庫だな」

「なんでも用立てられるぜ。上院議員たちの家族と連絡はとれたか?」

エディーは首をふった。「彼らの携帯電話はロッカーのなかだ。ウォーターパークだからそうするさ」

情報によれば、アイオワ州選出のガンサー・シュミット上院議員と、フロリダ州選出のマリア・ムニョス上院議員が、会議に出席している。エミリー・シュミットとティーンエイジの息子カイルは、オリヴァー・ムニョスと十五歳の娘エレナといっしょに、オーシャンランドで一日羽をのばす。

「どうやって見つけるんだ？　かなり広いぞ」

「シンドゥクのあとを跟《つ》けるしかないだろう」

ふたりは、怪しまれないように入場口にいる家族連れのそばへ行った。シンドゥクとその仲間は、たえず周囲を確認していたが、エディーとリンクはターゲットに目を向けないように注意していた。テロリストたちは、レイヴンを促してバッグ検査と金属探知機を何事もなく通らせた。

セキュリティチェックをリンクとともに通る前に、エディーは海に目を向けた。目にはいったのは漁船一艘だけだったが、オレゴン号が島の向こう側に隠れていることがわかっているので、安心できた。乾ドックで建造中に船内を見てまわったのが最後で、オレゴン号の完成した姿はまだ見ていなかった。早くこの任務を終えて、新しい我が家のことを詳しく知りたかった。

だが、その前にエディーのチームは、きょうの午後を生き延びなければならない。

しかも、武器なしでやらなければならない。

エディーとリンクは、セキュリティチェックの列でリストバンドをスキャナーにかざし、パークにはいった。レイヴンやシンドゥクの一〇メートルほどうしろにいた。

マクドの姿はどこにも見えない。

「マクド、いるのか?」エディーは、モラーマイクでいった。

「おれっちは、あんたとレイヴンを見てるよ」マクドが応答した。「いつでも、やれっていってくれ」

「そうする」

メインプロムナードは、観光客でごった返していた。ほとんどが水着姿で、タオルやバッグを持っているものもいた。スタッフは、見分けやすいように黄色のポロシャツに半ズボンという格好だった。陽気な音楽がラウドスピーカーから流れ、さまざまな乗り物から聞こえてくる悲鳴や叫び声と混じっていた。なにもかも、プールの水の塩素とサンタンローションのにおいがしていた。

広い遊歩道のだいぶ先の突き当たりに、目玉のアトラクション、〝クレイジー・エイッツ・ウォータースライドがあった。十階の高さがあるタコを象《かたど》った乗り物で、中央に広い階段があり、タコの触手のようにブルーのスライド八本がそこからくねくねとのびている。乗った人間はどこから出てくるのかわからず、それも楽しさを盛りあげている。

プロムナードを半分進んだとき、シンドゥクが仲間のふたりに話しかけ、ふたりがそこから離れて、壁で仕切られたところへ行った。インドネシア語と英語で、〝まもなく完成。荒れ狂う早瀬の奔流をお楽しみください〟と書かれた看板があった。八人乗りのゴムボートの筏《いかだ》が白く泡立つ急流のコースを揺れながら下り、乗客がスリルを味わうことを示していた。

シンドゥクが、残りの仲間ふたりとともに、レイヴンを押して進ませた。離れていったふたりは、ドアを通り、〝関係者以外立入禁止〟という標識のある建設現場へ行った。「なにをやるつもりだろう？」リンクがいった。

「ああやって武器をこっそり持ち込んだにちがいない」エディーはいった。マイクのスイッチを入れた。「マクド、リンクとわたしは〝荒れ狂う早瀬〟へ行く。なにか見つけたら知らせる」

「わかった。こっちも行動する」

エディーはドアをそっとあけて覗いた。向こう側にはだれもいなかった。エディーとリンクがなかにはいると、そこは乗り物に向かう小径《こみち》で、通常の客と特別料金を払ってスーパーパスを持っている客のレーンに枝分かれしていた。

乗り物はほぼ完成し、人工の樹木、コンクリートの岩で、山奥の渓谷《けいこく》らしき景色をこしらえてあった。見えないところで水が轟々《ごうごう》という音をたてているのが聞こえた。使用開始に備えて乗り物のテストを行なっているにちがいない。

ふたりが小径をすこし進んで吊り橋を渡ると、作り物の峡谷が下に見えた。平坦《へいたん》な中心部を囲んでバー付きの座席が八人分ある筏が、泡立つ水面を漂っていた。まだだれも乗っていない。ゴムの舷側が壁にぶつかるたびに、跳ねあがり、回転し、舳先が下がって小さな滝を落ちてゆくたびに、渦巻く水がなかに流れ込んでいた。

乗船場に近づくと、数人がインドネシア語で早口にしゃべっているのが聞こえた。エディーとリンクは、小径の手摺を乗り越え、コンクリートの岩沿いをそっと進んで、藪《やぶ》に身を隠してしゃべっている男たちが見えるところを見つけた。

四つの死体が、制御室の横にならべてあった。すべてこのパークの独特な黄色い制服を着ている。テロリストたちも、制服を手に入れたらしく、おなじ格好のものがいる。死体のシャツには、ミシンの縫い目のような弾痕《だんこん》があった。

大きな金属性の箱ふたつのまわりに、六人の男がかがんでいた。そのうちふたりは、エディーとリンクが跟《つ》けていた男で、そのほかに四人がいた。ひと箱はすでにあけてあった。ゴムボートに取り付ける座席が収まっているのが見えた。もうひとつの箱が、いまこじあけられているところだった。白いタオルが床に山のように散らばっていた。箱がこじあけられると、座席のあいだからサブマシンガン六挺が出された。テロリストたちはそれを配り、気づかれずにパーク内に持ち出せるように、タオルでくるんだ。そのサブマシンガンは大宇《テウ》K7だと、エディーは気づいた。韓国製で、銃身一体型サプレッサー、インドネシア軍で使用されている。

エディーはリンクのほうを見た。リンクがうなずいた。おなじことに気づいたのだ。ひと箱にサブマシンガンが六挺はいっている。すでにひと箱があけられているから、六挺がパークに持ち出されてしまった可能性が高い。

テロリストのうち四人は、スタッフの制服を着ていたので、サブマシンガンをタオルでくるんでそのままパーク内に出ていった。残されたふたりは、制服を着るために、服を脱ぎはじめた。

エディーとリンクにとっては、武器を手に入れる絶好のチャンスだった。テロリストたちとは一二メートル離れているが、渓谷の先のほうに、三メートルまで接近して藪から飛びかかれる場所がある。エディーはそこを指差し、リンクがまたうなずいた。

ふたりが動き出す前に、制御室の向こう側から数人の声が聞こえ、テロリストたちは凍り付いた。パークの従業員用の区域から通じている、見えない通路があったにちがいない。黄色い制服を着た女がふたり、制御室の角をまわってきて、死体に気づき、恐怖のあまり目を剝いた。

服を着かけていた男ふたりを見て、女ふたりが悲鳴をあげ、来た方向へあとずさった。テロリストふたりは、あわててサブマシンガンを拾いあげようとした。

自分たちが反応しないと女ふたりが殺されることは確実だったので、エディーとリンクは反射的に行動した。女たちを逃がすために、ふたりとも藪から突進して、テロリストをあわてさせた。

ふたりが撃たれずにすんだのは、テロリストたちがタオルからサブマシンガンを出すのに手間取ったからだった。リンクはひとりに体当たりし、サブマシンガンが吹っ飛んだ。リンクとそのテロリストは組み合ったまま乗船場を転がって、急流に放される場所までコンベアベルトに乗って進んでいた筏に落ちた。

エディーはテロリストを殴って気絶させ、K7を拾いあげるためにひざまずいた。K7を持ち、小径をどたどたと走ってくる足音のほうに向けた。テロリスト四人が女の悲鳴を聞きつけて、調べるために戻ってきたにちがいない。

エディーはサブマシンガンで連射を放ち、角をまわってきた四人のうちふたりを斃《たお》した。あとのふたりが物蔭に隠れて応射し、エディーが制御室に跳び込んだとき、窓ガラスが砕け散った。

エディーが一枚だけ残っていたガラスを鏡代わりに見ると、さきほど殴り倒した上半身裸のテロリストが立ちあがり、リンクがもうひとりと取っ組み合っている筏に向けて走っていくのが目にはいった。テロリストが跳び込んだとたんに、筏の舳先が下がって急流へ落ちていった。

12

レイヴンは、建設中の筏乗りの方向から、カタカタという銃声がくぐもって聞こえてくることに気づいたが、シンドゥクも仲間ふたりも、まったく反応しなかった。観光客は建設現場の物音だと思うだろうが、リンクとエディーがテロリストと交戦しているのではないかと、レイヴンは思った。その建設現場にふたりがはいっていくのを、目の隅で見ている。

「作業員と鉢合わせしたにちがいない」レイヴンはいった。

「だったら、銃声がつづいているのはなぜだ」シンドゥクがいった。「だれかに見つかったら、できるだけ音をたてずにすばやく始末しろといってある。どうもようすがおかしい。ぐずぐずしてはいられない」プロムナードに視線を走らせた。「あそこにいる」

〝クレイジー・エイツ〟・ウォータースライドのほうを、シンドゥクが顎で示した。

エミリー・シュミットがそこにいた。黒いワンピースの水着を着た四十代のブルネットで、長いボードショーツをはいている日焼けした赤毛の息子のカイルがいっしょだった。痩せたキューバ系アメリカ人のオリヴァー・ムニョスは、ゆったりしたスイムシャツを着ていた。ブルーのタンクトップ・ビキニを着ている娘のエレナは、父親似だった。

四人は屈託なく笑い、水をしたたらせていた。スーパパスを使うためにリストバンドをスキャナーにかざし、乗り物のてっぺんまで長い階段を昇っていった。

シンドゥクが合図のために片手をあげ、黄色い制服を着た男三人が、サービスで渡すように見せかけたタオルの束を持って近づいた。脅しつけるような目つきと、真剣な表情からして、インド・ジハードの細胞《セル》にちがいない。

酔っ払った白人の男がよろよろとレイヴンに近づいたので、その三人は数メートル手前で急に立ちどまった。男は上半身裸で、スイムトランクスを着て、スニーカーをはいているだけだった。割れている腹筋、日に焼けて筋肉が盛りあがっている腕、彫りの深い顔が自慢のようだった。コミックブックのスーパーヒーローだといってもおかしくない。男がレイヴンに向かってにやにや笑い、グリーンのビール瓶を持った手で、男たちにだらしない敬礼をした。

「おれっち、あんたを待ってたんっす、別嬪《べっぴん》ちゃん」マクド・ローレスが、呂律のまわらない舌でずばりといった。瓶の中身を飲み干したが、水だったにちがいないと、レイヴンは思った。「いったいどこ行ってたんだ？」

レイヴンは、お芝居に調子を合わせた。「だれかとまちがえてるんじゃないの」

マクドが首をふり、げっぷをした。「出かける時間だぜ、ベイビー。エディーとリンクはいま忙しいけど、すぐに準備ができる」

「失せろ」シンドゥクが語気鋭くいった。

レイヴンは、シンドゥクのほうを向いて、片手をあげた。「わたしに任せて」マクドのほうを向いた。「あなた、もう行ったほうがいいわ」

マクドの笑みがひろがったが、タオルを持った男たちのほうをちらりと見た。「おれを押しのけないでくれよ」

マクドが一歩近づいたので、なにをやれといっているのか、レイヴンは察した。両手でマクドの体を、タオルの束を持っている男たちのほうへ押した。

マクドは、距離をたくみに計算してよろけ、両腕をふりまわしながら、まんなかの男にぶつかった。右のテロリストの頭にビール瓶を叩きつけ、そのテロリストがタオルの束を落とした。大宇K7サブマシンガン二挺が地面に落ちて、大きな音をたてた。

マクドは、割れた瓶を反対側にふり、ふたり目のテロリストの胸に叩きつけた。レイヴンが三人目めがけて突進したとき、その男がタオルからK7を抜いた。レイヴンは男の股間《こかん》を膝蹴《ひざげ》りし、セラミックナイフを喉に突き刺した。

レイヴンがサブマシンガンを拾いあげようとしたとき、杭打機《くいうちき》なみの威力で拳が背中に叩きつけられた。レイヴンは膝をつき、シンドゥクがサブマシンガンを拾いあげるのを見た。シンドゥクが、バンに乗っていたひとりといっしょに、ウォータースライドのほうへ走っていった。

シンドゥクといっしょにいたもうひとりが、マクドに体当たりし、舗装面を転がりながら殴り合った。

レイヴンは胸の空気を吐き出してしまい、息を整えようとした。格闘と血と銃を見たために近くの客のあいだで大混乱が起こり、駆け出したりわめいたりするものや、なにが起きたのかと首をのばしてみようとするものがいた。

レイヴンはようやく起きあがって、K7一挺を拾いあげ、シンドゥクを追おうとしたが、手がのびてきて倒された。前のめりになったときに見ると、頭を瓶で殴られたテロリストだった。レイヴンの体を引き寄せるとき、男の顔を血が流れ落ちた。ゴムのビーチサンダルではたいした打撃をあたえられないので、レイヴンは蹴らなかった。K7の銃身を持って、床尾を男の頭に思い切り叩きつけた。男がぐったりした。

テロリスト三人を斃《たお》し、もうひとりがまだマクドと争っていた。シンドゥクともうひとりは、暗殺任務を終えるために、上院議員たちの家族のほうへ駆け出していた。マクドを助けるよりも、一般市民を救うほうが優先だった。それに、オーシャンランドの警備員が、客のあいだでありきたりの喧嘩《けんか》が起きたのだと思い、入場口から駆け付けてきた。

警備員たちが、マクドとマクドが戦っている相手のテロリストに殴りかかった。レイヴンは、そこで結果を見守りはしなかった。K7のコッキングハンドルを前後させて、薬室に弾薬が送り込まれていることを確認し、シンドゥクともうひとりのあとを追った。ふたりは銃をふりまわして、怯《おび》えた群衆のあいだを抜け、〝クレイジー・エイツ〟に近づいていた。

13

テロリストたちは熟練した射撃の名手ではなかったが、〝荒れ狂う早瀬〟の天井を支えているコンクリートの支柱の蔭から、エディーを釘付けにしていた。エディーが首を出して撃とうとするたびに、二方向からのすさまじい射撃を浴びて、身を縮めなければならなかった。

弾丸を浴びずに制御室から右か左に逃れるのも不可能だった。しかし、いつまでもそこにいるわけにはいかない。リンクを見つけて、レイヴンとマクドを支援するためにパーク内に戻らなければならない。

制御室の裏側のドアから出ると、見込みがありそうなものが見つかった。空《から》の筏が、コンベアに乗ってそばを通るところだった。

エディーは制御室から這い出して、動いている筏に転げ込んだ。制御室の蔭から筏がでるときに、ぴたりと伏せた。

乗船場の端に筏が近づくまで待ち、テロリストたちとの位置関係を思い描いた。テロリストふたりがいまも制御室に注意を向けていることを願っていた。

障害物なしに撃てると判断すると、エディーはヘッドレストふたつのあいだでさっと身を起こし、だれもいない制御室にまだ注意を集中しているテロリストたちに、横から狙いをつけた。ふたりそれぞれに向けて三点射を放ち、テロリストたちが地面にくずおれた。

エディーは、筏が急流に跳び込む前に、急いでおりた。リンクに追いつくには、流れの上に架かる吊り橋へ行くしかない。

小径を走って吊り橋に着いた。リンクが乗っている筏が、湾曲部をまわって近づいてくるのが見えた。

リンクがテロリストふたりと戦っているため、筏は上下に揺れ、ぐるぐるまわっていた。テロリストたちは、リンクを筏から落とそうとしているようだった。リンクは喧嘩が得意だが、足場が不安定なうえに、小柄で敏捷《びんしょう》な敵と戦っているせいで、両側から蹴りとパンチを食らっていた。

エディーは狙いをつけようとしたが、筏が回転していたので、リンクを撃つ危険を冒さずに撃つのは不可能だった。

橋には、列に並んでいる客が五メートル下の筏の乗客に物を落とさないように、細かい金網の落下防止柵《さく》があった。エディーは川下《かわしも》の側で金網に登った。数秒後には筏が下を通過する。

落下防止柵の向こう側におりて、幅九メートルの渓谷の上で、橋の底から足がぶらさがるようにした。橋の下に筏の舷縁が見えると同時に、跳びおりた。それと同時に、筏が渦に捉えられて横向きにまわった。エディーは筏に乗り込むステップの端に着地し、流れに落ちないようにうしろに体を傾けた。

エディーが着地したのは、テロリストふたりに抑え込まれていたリンクの足の上だった。テロリストたちは、あらたに乗り込んできた男を、びっくりして見おろした。

「落ちてきてうれしいぜ」リンクがうめいた。

エディーはぱっと立ちあがり、近いほうのテロリストの頭を肘《ひじ》打ちしようとした。きわどいところでそれをよけたテロリストが体をまわしたが、エディーはその男の首を抱え込み、ヘッドロックをかけた。男はエディーの腕をひっかいたが、逃げられなかった。

リンクは、ひとりだけを相手にすればよくなったので、すさまじい力でテロリストを筏の舷縁の上に押しあげた。テロリストは泡立つ急流に落ちないようにヘッドレストをつかんだが、筏が流れに押されて不意に横揺れしたので、コンクリートの壁に頭をぶつけた。

揺れたときに筏が、乗客を楽しませるために噴出している水の下に潜った。だが、揺れと水の衝撃のせいで、テロリストはエディーを押し戻すことができ、ふたりとも筏の横に転げ落ちた。

落ちたときもエディーはテロリストの首に腕を巻きつけていたので、流れに落ちた衝撃でテロリストの首が折れた。エディーは、テロリストのぐったりした体を放し、水面に向けて泳いだ。

急流下りのもっとも荒々しい個所に差しかかっているとわかった。白い波頭《なみがしら》が砕け、水が猛烈な勢いで渦巻いていた。

筏がうしろから頭にぶつかったので、エディーは舷側のゴムチューブをつかんだ。体を引きあげようとしたが、チューブは幅が広く、滑りやすかった。大型の筏と峡谷の壁のあいだで押し潰《つぶ》されるおそれがあった。

「乗るか?」よく響く低い声が、上から聞こえた。

エディーが見あげると、リンクが手を差し出していた。エディーがリンクの手をつかんだとき、筏がまたまわって、流れの横の壁のほうに傾き、いまにも激突しそうになった。

釣りあげた大物のマスを川から取り込むような感じで、リンクがいとも簡単にエディーを流れから筏に引き揚げた。

「ここからがきょうのお楽しみだ」近くの座席に深く座って、体を安定させ、息を整えながら、リンクがいった。

急流をなおも下るあいだ、ふりまわされないように、エディーは手摺をしっかりつかんだ。

「ありがとう」エディーはいい、舌でモラーマイクのスイッチを入れた。「マクド、報告しろ」

応答はなかった。もう一度呼びかけたが、おなじだった。

筏が一周して終点に戻るまでいらいらしながら待つほかに、リンクとエディーにできることはなかった。

14

悲鳴をあげている客たちが邪魔にならなかったら、シンドゥクが〝クレイジー・エイツ〟に達する前に、レイヴンは撃っていたはずだった。シンドゥクとテロリストひとりは、パニックを起こしている観光客をよけて進むのに手間取っていた。レイヴンは、ふたりがこしらえた通り道を走ればよかったので、しだいに差を詰めた。

ウォータースライドの階段を半分昇ったところで、上院議員たちの家族は眼下の混乱の原因を見極めようとして、手摺越しに下を見た。彼らが階段をおりてきて、シンドゥクと出会ってしまうのではないかと、レイヴンは不安になった。ムニョス、シュミット、ティーンエイジャーのふたりに手をふって、昇りつづけるよう促そうとした。

上院議員の家族はレイヴンのほうを見ていなかったが、気づいても間に合わなかっただろう。シンドゥクがよく狙いもせず発砲し、狙いが低すぎたために、弾丸数発が階段を削った。上院議員の家族は悲鳴をあげて、階段のスーパーパスの側を駆けあがった。

シンドゥクともうひとりが、階段に達し、上院議員の家族を追って全速力で駆けあがった。客たちが悲鳴をあげて、そのそばを走りおりた。さいわい、シンドゥクは目標しか目にはいっていなかったので、撃ちやすいターゲットには目もくれなかった。

レイヴンがその直後に階段に達し、二段ずつ駆けあがった。ジグザグの階段のあいだに隙間があり、二階上のシンドゥクがレイヴンのところから見えた。レイヴンは立ちどまり、シンドゥクともうひとりが角をまわったときに狙いをつけた。シンドゥクを照準器に捉えて撃った。

もうひとりのテロリストが射線にはいってきたために、弾丸はシンドゥクに当たらなかった。テロリストは声もなく倒れた。

シンドゥクがサブマシンガンを手摺の上に出して、階段を掃射した。弾丸が金属の階段から跳ね返ったが、レイヴンが体をひっこめたので、一発も当たらなかった。

銃弾の嵐がやむと、レイヴンは身を乗り出し、シンドゥクがふたたびターゲットを目指して駆けあがっているのが見えた。だが、狙い撃たれないように気を配っていた。

レイヴンはあとを追った。

六階で死んだテロリストのそばを通ったとき、てっぺんに向かう階段に血痕が点々とあるのが目にはいった。シンドゥクは被弾しているにちがいない。まだ捕まえられる見込みがある。

八階まで行くと、真上にシンドゥクが見えた。太腿《ふともも》に血まみれの傷口があり、足をひきずっている。下の銃撃から逃れるためにウォータースライドの八本あるチューブのうちの一本にはいろうとして押し合いへし合いしている怯えたひとびとを、押しのけて進んでいた。

レイヴンは、シンドゥクが気を散らされているあいだに追いつこうとして、数段置きに階段を跳びあがった。シンドゥクがてっぺんの乗り場にあがったとき、レイヴンはまだ一階下だった。

レイヴンが最後の角をまわると、シンドゥクが立ちどまり、獲物に銃を向けていた。スタッフはすでに逃げていたし、残っていた客たちは水が勢いよく流れている八本のチューブのうちの一本に群がっていた。オリヴァー・ムニョスは娘のエレナをかばい、エミリー・シュミットは躍起になってカイルをウォータースライドのほうへ押しやっていた。

上院議員の家族は、シンドゥクからわずか数歩しか離れていなかった。射線になんの罪もないひとびとがいるので、レイヴンは発砲する危険を冒すことができなかった。

シンドゥクは、片手に携帯電話を持っていた。なにかを打ち込み、床に落とした。

「アメリカに死を」シンドゥクが英語で叫び、銃を構えた。

その瞬間、レイヴンは渾身《こんしん》の力をこめて、シンドゥクの背中に肩からぶつかった。体当たりの衝撃で、ふたりとも床に倒れた。シンドゥクの手から離れたサブマシンガンが、ガタンと音をたててウォータースライドのなかに落ちた。

シンドゥクがレイヴンに跳びかかり、彼女のサブマシンガンを奪おうとした。ムニョスが近づこうとして動きかけたが、殺されるのがおちだとレイヴンは思った。

「行って」レイヴンは叫んだ。「早く逃げて」

レイヴンがシンドゥクと揉《も》み合っているあいだに、ムニョスがエレナとカイルをチューブに押し込み、エミリー・シュミットがつづいて、最後にムニョスがチューブにはいった。

ターゲットが逃げるのを見たシンドゥクが、憤激してうなった。レイヴンの手からサブマシンガンをひったくり、床に滑らせてから、レイヴンの顎を肘打ちした。レイヴンは首をふってすさまじい衝撃をふり払いながら、転がって離れた。

ふたりとも立ちあがった。シンドゥクは脚から血を流し、レイヴンは顎が腫《は》れていた。ふたりは睨み合い、ふたりのあいだにサブマシンガンが落ちていた。

「おまえは何者だ？」シンドゥクが、アラビア語でどなった。

「良識の守護天使よ」レイヴンはそういいながら、巻きスカートの結び目に差し込んであった鞘《さや》からナイフを抜いた。

シンドゥクが急いで頭を働かせているのを、レイヴンは察した。シンドゥクが、撃たれた脚をサブマシンガンのほうへのばした。シンドゥクがかがんでそれを取ろうとすれば、立ちあがる前にレイヴンがナイフで刺すことができる。だが、シンドゥクは仕事を最後までやるために、その武器を必要としていた。

シンドゥクが、薄笑いをレイヴンに向けた。「わかっていないな。おまえはすでに勝負に負けたんだ」

シンドゥクが、サブマシンガンを拾いあげず、脚をのばして、シュミットとムニョスの家族がはいったチューブに蹴り込んだ。それと同時に、そこに跳び込んだ。レイヴンは躊躇せず、頭から跳び込んだ。

ウォータースライドのコースはねじれ、螺旋《らせん》を描いて下っていた。透明なチューブに射し込む陽光が、緑の輝きを拡散していた。

シンドゥクは、レイヴンの頭から数センチしか離れていなかった。シンドゥクは、水のなかを滑り落ちていくサブマシンガンをつかもうとしたが、手が届かなかった。

底に近づくと、ウォータースライドが水平になりはじめた。シンドゥクはようやくサブマシンガンのグリップに手が届き、引き寄せた。シンドゥクは仰向けになり、迫ってくるレイヴンのほうを撃とうとした。レイヴンには、弾丸をよけるすべがなかった。

よける必要はなかった。シンドゥクは引き金を引くと同時に、ウォータースライドからプールに落下した。銃弾は空に向けて放たれ、シンドゥクの体はプールに沈んだ。レイヴンは、銛《もり》のようにナイフを突き出して、プールに跳び込んだ。ナイフがシンドゥクの胸に突き刺さり、プールの水中で血がひろがった。シンドゥクが血走った目でレイヴンを見つめた。シンドゥクの顔から生気が失せ、手からサブマシンガンが落ちた。

レイヴンは、シンドゥクの胸からナイフを引き抜き、巻きスカートの鞘に収めてから、サブマシンガンを拾いあげた。立ちあがると、水の深さは一メートルもないと気づいた。立ちあがってまわりを見ると、シュミットとムニョスの家族がプールから這いあがるところだった。怪我《けが》はしていないようだった。

しかし、まだ危険を脱していないことを、レイヴンは知っていた。シンドゥクは、おまえはすでに勝負に負けたといった。バンで口にしたことに関係があるにちがいない。

いざという場合には、べつの計画があると、シンドゥクはいった。

15

オーシャンランドの警備員たちは、たいして厄介な相手ではなかった。だが、警備員を払いのけるのにテロリストよりも数秒手間取ったので、マクドはむかっ腹を立てた。マクドはテロリストを追い、〝クレイジー・エイツ〟を登っているところを捕まえた。

三階でマクドはテロリストのシャツをつかみ、引き寄せた。

テロリストが拳を構えてふりむいたが、マクドはその動きを読んでいた。サイドステップでパンチをかわし、相手の勢いを利用して、手摺の上から投げ飛ばした。テロリストが下の舗装面にぶつかり、倒れて動かなくなった。

下のほうのプールからレイヴンが出てくるのを、マクドは見つけた。澄んだ水のなかの身動きしていない男の体から、深紅のひろがりが漂っている。

マクドが見ていると、レイヴンはひとりを囲んでうずくまっている三人のところへまっすぐにいった。オリヴァー・ムニョスが、ティーンエイジの娘エレナのようすを見ていた。水を飲んだらしく、咳き込んでいた。エミリー・シュミットと息子のカイルも見守っていた。レイヴンが銃を持っているので、四人ははっとしたが、レイヴンがなにかをいったので安心したようだった。

「マクド、聞こえるか?」エディーの声が耳に届いた。

「おれっちは、ウォータースライドにいるよ」

「わたしたちは〝荒れ狂う早瀬〟から出ていく」エディーとリンクが、筏乗りの建設現場から小走りに出てくるのが、マクドのところから見えた。ふたりともずぶ濡《ぬ》れだった。「レイヴンはどこだ?」

「下のプールに、シュミットとムニョスの家族といっしょにいる。四人とも無事らしいし、見つけたテロリストはすべて始末した。でも、ほかにいるかもしれない」

「わかった。そっちで落ち合おう」

マクドが階段を駆けおりたとき、下のプールのひとつから水柱が噴きあがり、つづいて爆発音が聞こえた。数秒後に、また弾着した。つづいて三発目も。

マクドは爆発音を何度となく聞いているので、砲撃の照準がしだいに正確になっていることに気づいた。ウォータースライドの階段の高みから、あたりを見た。島とのあいだの水路にいた漁船から、煙がぱっと噴き出すのが見えた。

エディーが電話を出すのが見え、つづいて声が聞こえた。

「オレゴン号、われわれは迫撃砲で攻撃されている」

応答は聞こえなかったが、結果は見えた。

デリックが四基ある錆びた古い貨物船が、島のひとつを悠然とまわってきた。新オレゴン号だと、マクドはすぐさま見分けた。

カメレオンのような仕掛けの塗装によって、オレゴン号がボタンひとつ押すだけで真新しい船から老朽化した不定期貨物船に変身できることを、マクドは知っていた。それは改良された特性のただひとつにすぎない。オレゴン号が二海里以内に近づき、船首甲板から砲塔が出てくるのが見えた。真っ黒い砲身が向きを変えて、漁船のほうを向いた。

その兵器はレイルガンだったが、マクドはいままで実戦で使用されるのを見たことがなかった。

レイルガンは、砲弾を火薬で撃ち出す大砲とは異なり、強力な電磁気力を使って砲弾を超音速に加速する。砲弾に炸薬《さくやく》はこめられておらず、時速八〇〇〇キロメートル以上の速度で、トマホーク・ミサイルの弾頭とおなじ爆発的なエネルギーを発揮する。

ふたたび煙が噴き出し、迫撃砲弾がまた発射されたとわかった瞬間、レイルガンが砲弾を発射した。たちまち漁船がまるでティッシュペーパーのように、舳先から艫までまっぷたつに裂かれ、迫撃砲弾が爆発して火の球と化した。ふたつになった船体が海に沈み、残ったのは水面で燃えている油だけだった。

だが、最後の迫撃砲弾は発射され、前の爆発から逃げようとして駆け出したレイヴンと二家族のすぐ近くに弾着した。

爆発の煙で、レイヴンたちが見えなくなったので、負傷したかどうか、マクドには見極められなかった。海のほうを見ると、レイルガンがオレゴン号の船体に格納され、開閉式の甲板に隠れるところだった。巨大な白い船首波を立てているのは、好奇心を抱いたひとびとの視界から逃れようとして、高速で遠くの島の蔭へ向かっているからだ。

エディーとリンクも、迫撃砲の煙で見えなくなっていた。すぐに煙が晴れ、エディーとリンクがうつぶせになっているふたりの上にかがみ込んでいるのが見えた。

エディーが通信システムで呼んだ。

「マクド、大至急こっちへ来てくれ」険しい口調で、エディーがいった。「負傷者が出た」

16

仰向けになったレイヴンは、止血のためにエディーが肩の傷を抑えたときに顔をしかめた。最後の迫撃砲弾の弾子《だんし》が当たったのだ。重傷ではないし、出血もたいしたことはなかった。

「気分はどう？」エディーはレイヴンにきいた。

「死にはしない。ほかに怪我をしたひとは？」

「ひとりだけ」

エミリー・シュミットと息子のカイルは、怯え切っていたが、そばに立っていた。しかし、オリヴァー・ムニョスは、胸に被弾して、ショック状態だった。リンクが手当てし、ムニョスの娘のエレナがそばで泣いていた。

「だいじょうぶなんでしょう？」エレナがきいた。「パパは死んじゃうの？」

リンクは首をふった。「手当てすればだいじょうぶだ。でも、できるだけ早く病院に運ばないといけない」

「救急車で病院に運ぶには一時間かかる」エディーがいった。「空路で運ぼう」

ウォータースライドを使っておりてきたせいでずぶ濡れのマクドがそばに来たので、エディーはレイヴンの世話を任せた。

「めちゃんこひどいっすね」マクドが、レイヴンの肩に手を押し当てながらいった。

レイヴンが、あきれて目を剝いた。「ちっちゃな針と糸で治せない傷なんかないわよ」

エディーが、オレゴン号の作戦指令室《オプ・センター》にいるカブリーヨに電話をかけた。

「どんな状況だ?」カブリーヨがきいた。

「負傷者がふたりいます。ムニョス上院議員の夫が胸に被弾しました。レイヴンも負傷しました。早くオレゴン号の医務室に運んだほうがいいと思います」

「ゴメスがタービンを全開にして飛行甲板で待機している。ドク・ハックスリーがいっしょにいく。ムニョスを駐車場まで運ぶことはできるか?」

エディーはまわりを見て、アイスクリームの屋台が放置されているのを見つけた。上が平らだから、ムニョスを横たえることができる。

「駐車場へ行きます」エディーはいった。「到着予定時刻《ETA》、三分後」

エディーとリンクは、ムニョスを屋台の上に横たえた。リンクが押し、エディーがエレナの手を握りながら、ムニョスに目を配った。マクドはレイヴンを立たせ、支えて歩きながら、エミリー・シュミットとカイルを先導した。リンクはできるだけ平らな部分を通ろうとしたが、でこぼこがあるたびにムニョスが痛みにうめいた。

混雑している正面入場口を避けて、非常口へ向かった。エディーが駐車場に近づいたときには、サイレンが遠くから聞こえた。車や徒歩で逃げようとする数千人の客が、出口につかえていた。混乱のなかを抜けて救急車が到着するときには、ムニョスは死んでいるかもしれない。

ウォーターパーク内は混雑していたが、広い駐車場の外寄りの部分には車がとまっておらず、ヘリコプターが着陸できる場所があった。駐車している車の列の縁《ふち》まで行くと、接近する航空機のローター音がエディーの耳に届いた。見あげると、なめらかな形のティルトローター機が降下してくるところだった。

アグスタウエストランドAW609は、前に〈コーポレーション〉が使用していたMD520Nヘリコプターからの飛躍的な能力向上《アップグレード》だった。MD520Nは、旧オレゴン号が沈没したときに破壊された。ティルトローター機は航続距離が七五〇海里(一三八九キロメートル)で、乗員乗客十人を載せて二七五ノット(時速五〇九キロメートル）で巡航できる。高価だが高性能な航空機に変更してよかったと、エディーは思った。ヘリコプターでは負傷者を担架《たんか》で運ぶのは難しい。

　そのティルトローター機は、ふつうの双発自家用機のようにも見えるが、巨大なプロペラをまわすエンジンが主翼端にある。ホヴァリング・モードに切り替わると、エンジンが垂直になり、プロペラが上を向く。ＡＷ６０９が、アスファルト舗装に着地すると、プロペラの音は耳がおかしくなりそうなほどやかましくなった。

　タイヤが接地すると同時に、リンクが屋台を押し、全員がついていった。胴体のクラムシェルドアがあいた。ドアの裏側の下半分が、タラップになっている。

　グリーンの手術着《スクラブ》を着て茶色の髪をポニーテイルにまとめた女性が、軽量バックボード（患者の体が動かないように固定して搬送するための器具）を持っておりてきた。いつもなら、ジュリア・ハックスリーは、経験豊富な外科医でサンディエゴ海軍病院の主任医官だったとは思えないような、やさしく慰める態度で患者に接する。しかし、いまはやってきた患者に注意を集中し、てきぱきした態度だった。

　ジュリアはレイヴンをちらりと見たが、レイヴンは手をふって斥《しりぞ》けた。

「わたしのことは心配しないで」レイヴンはいった。「マクドにシャツを見つけてあげないといけない」レイヴンに肩を貸して、待っているティルトローター機に向かいながら、元レインジャーのマクドがにやにや笑った。

ジュリアはムニョスに注意を向け、上半身を診てから、ガーゼで覆った。

「リスクはあるけど、運ばないといけない」ジュリアは、エディーにいった。「デンパサールの病院へ行くまでもたないかもしれない。オレゴン号のほうが近い。そこで病状を安定させるわ」

オレゴン号には手術室やさまざまな診断器具があり、都市の大病院並みに設備が整っている。専門医を呼ばなくても、ジュリアと医務科のスタッフだけで、手術を行なうことができる。

ムニョスはバックボードに移され、エディーとリンクがクラムシェルドアからティルトローター機のキャビンにそっと運び込んだ。全員が乗って座席ベルトを締めると、エディーはクラムシェルドアを閉めて、コクピットへ行った。副操縦士席に座り、四点ハーネスを締めて、ヘッドセットをかけた。

「本機にようこそ」ジョージ・〝ゴメス〟・アダムズが、計器盤から目を離さずにいった。「AW《エー・ダブ》での初乗りが、もっといい状況のもとだったらよかったんだが」

ゴメスは鮮やかなグリーンの目のすこぶるつきの美男子で、両端を上にくるりと曲げた口髭《くちひげ》を生やしている。〈アダムス・ファミリー〉のモーティシアによく似た女性と恋愛関係にあったことから、ゴメスという綽名《あだな》がついた。撃墜王のパイロットで、操縦の技倆を自慢しているが、その自信にはじゅうぶんな裏付けがある。

「同感だね」エディーはいった。「ムニョスをオレゴン号に運ぶと、先生《ドク》がいっている。さあ帰ろう」

ゴメスがスロットルを押してエンジンの回転をあげ、ヘリコプター・モードのティルトローター機はまるで雲にでも乗っているように、空に向けてふんわりと離昇した。ゴメスが水平飛行モードに変更すると、ティルトローター機は加速し、前進しながら高度を増した。

「すぐに着く」ゴメスはエディーにいった。「つぎの機会には、アクロバット飛行をすべて実演するよ。海上で救難するための吊り上げ装置も取り付けられる」

ティルトローター機が機体を傾けて、ウォーターパークを離れ、海上に出た。いちばん近い島をまわっているオレゴン号の船尾が視界にはいった。デリックふた組に囲まれた船体中央にヘリコプター甲板があるのを、エディーは見た。H字を丸で囲んだ標示がある。

「これをあそこにおろせるのか?」自分たちが着船する場所があまりにも狭いので、エディーはびっくりした。

「じゅうぶんな余裕があるよ」ゴメスが答えた。「それに、甲板下の格納庫も広くて、必要な整備作業をすべて行なうことができる」

ヘリコプター甲板はじつはエレベーターなので、船内の格納庫に下降し、まったくおなじ標示のヘリコプター甲板がその上に出てきて、格納庫が隠される。

オレゴン号との距離の半分を過ぎたとき、ハリが無線で呼びかけるのが聞こえた。ハリの声が緊張していたので、エディーは悪い予感がした。

「ゴメス」オレゴン号の通信長席からハリがいった。「高速で接近してくる航空機二機を探知している」

「テロリストは飛行機まで持っているのか？」

「ちがう。インドネシア空軍のF‐16戦闘機だ。おれたちは、犯罪現場から逃げようとしている聖戦主義者だと思われてるんだ」

「連絡して追い払え。子供が乗っているんだ」

「やってるんだが、無線に応答しない」

「馬鹿なやつらだ。われわれの敵味方識別応答機《IFFトランスポンダー》で、味方だとわかるはずだ」

「無視されているみたいだ。警察が未詳の飛行機がテロ事件現場から離陸したと報告し、これがその特徴と一致しているからだ」ハリが、言葉を切ってから叫んだ。「なんてこった。回避機動を行なえ」

即座にゴメスが反応し、ティルトローター機を急降下させた。「どうした?」

「ミサイル・ロックオンを探知している」ハリが答えた。「やつら、撃とうとしている」

17

ファン・カブリーヨは、オレゴン号のオプ・センターで、ラップアラウンド・スクリーンに表示されたレーダー画像をちらりと見た。高解像度の薄型ディスプレイは、船体のあちこちに取り付けられたカメラによって、オレゴン号の周囲三六〇度の動画を表示できる。水面に向けて急降下しているティルトローター機と、その背後のまだ煙をあげているウォーターパークが見えた。だが、カブリーヨにとってもっと大きな懸念は、接近するF‐16戦闘機のレーダー・シグネチャー（探知されている目標物の特性）だった。距離は四〇海里だが、インドネシア空軍機が搭載しているＡＭＲＡＡＭ（先進型中距離空対空ミサイル）の射程は六〇海里だった。いまの距離だと、ミサイルがティルトローター機に弾着するまで、一分もかからない。しかも、F‐16はぐんぐん接近している。

「もう一度呼びかけてみろ」カブリーヨは、目を閉じてヘッドセットから聞こえる音に注意を集中しているハリ・カシムにいった。

「やります、会長」

オレゴン号には、ふつうの貨物船とおなじように上部構造に船橋甲板があるが、それはただの見せかけだった。ほんとうの心臓部は、装甲に護られている船の中心の奥深くに設置されたオプ・センターだった。オプ・センターは、階段教室のような造りで、半円形にワークステーションが並び、船尾寄りに出入口があって、中央に船長席が位置している。落ち着いた照明となめらかな表面仕上げが、未来の恒星間宇宙船のブリッジのような感じだった。非常時に使う専用のスイッチやボタンを除けば、制御はすべてタッチスクリーン式だった。カブリーヨの船長席の肘掛も同様で、必要とあればそれで操船できる。すべてコンピューター制御で、バリでの作戦を支援しながらシステムをテストするのが、この試運転の目的だった。

ハリが、焦《あせ》りをあらわにして首をふった。「戦闘機のパイロットは応答しません」

「では、ラングに電話して、アメリカの上院議員ふたりの家族が乗っている飛行機をインドネシアが撃墜しようとしていると、伝えてくれ」ラングストン・オーヴァーホルトは、〈コーポレーション〉連絡担当のCIA幹部で、この任務を用命し、いまも状況を見守っている。オーヴァーホルトのインドネシア政府に対する裏チャンネルの人脈で、戦闘機の攻撃を中止させることができるはずだった。

「アイ、会長」ハリがいった。

「ストーニー」カブリーヨは、操舵ステーションに向かっているエリック・ストーンにいった。「全機関停止」

「全機関停止、アイ」エリックがいった。前のオレゴン号とおなじように、新しいオレゴン号も、全長一八〇メートルの船を水中翼船なみの速力で航走させる先進的な磁《M》気流《H》体力学《D》推進システムを備えている。また推力偏向ノズルを使えば、四分の一の大きさの船とおなじくらい敏捷に機動を行なうことができる。ＭＨＤは海水から自然発生する電子を超冷却した電池で除去して電力を得る仕組みなので、航続距離はほとんど無限だった。

　カブリーヨは、機関ステーションのマックス・ハンリーのほうを向いた。

「戦闘機がミサイルを発射したら、ゴメスを掩護しなければならない。カシュタン・ソフトウェアはもう有効かな？」

〈ダハール〉の救命艇を破壊するのに威力を発揮した連装ガットリング機関砲は、その後、コードに問題が起きて、マックスとエリックが分析に苦労していた。オレゴン号はカシュタンを三基備えていて、そのうち二基が前部デリックポスト二本、一基が船尾に隠されている。

マックスが首をふった。ハリよりもさらに焦っている感じだった。

「機関砲はようやく使えるようになったが、こんどは覆いがおりてこない」

「ではLaWSを試すしかない」

マックスが、難しい顔をした。「まだ試射もやっていないんだぞ」

「それなら、これが最初の試射だ。船尾のやつではうまく撃てた」

「ああ、最初に発射した直後にオーバーヒートした。カシュタンが使えるようになったら、そっちを修理する」

「だったら、リンダが射撃の名手でよかった」

カブリーヨは、リンダ・ロスに視線を向けた。グリーンの髪がスクリーンの光のなかで輝いている。リンダは、いつもならマーク・マーフィーが座っている兵装ステーションに陣取っていた。

「ラングの手配が間に合うのを当てにはできない」カブリーヨはいった。「LaWSを起動しろ」

「LaWS起動」

「スクリーンに出してくれ」

船外の映像の一部が、オレゴン号の黒い煙突の映像に変わった。ディーゼル機関の排気はないので、煙突は使われていない。煙突のてっぺんがうしろにめくれて、望遠鏡に似た形の白い装置が現われた。ターンテーブルの上でそれがまわり、戦闘機が来る方角を向いた。

ＬａＷＳはレーザー兵器システムの略語だった。発射源を知られることなく、敵のミサイルや航空機を狙うことができる防御兵器だった。オレゴン号は今後、対空ミサイル、対艦ミサイル、魚雷などの兵器を搭載する予定だが、それらの兵器を取り付ける前に出帆しなければならなかった。

「リンダ、ＬａＷＳの現況は？」カブリーヨはきいた。

「機能している……」スクリーンに映るなにかに注意を惹かれ、リンダは言葉を切った。「ミサイル一基が発射された」

「弾着までの推定時間は？」

「二十八秒。ロックオンした。二基目が発射された」

ティルトローター機は水面すれすれを飛行していたが、Ｆ‐16の電子機器を欺瞞《ぎまん》することはできなかった。ゴメスは抜群の腕前のパイロットだが、空対空ミサイルを回避することはできない。

「ミサイルを狙え、リンダ。ハリ、ゴメスにできるだけオレゴン号に接近しろといってくれ。オレゴン号の蔭でホヴァリングできるかもしれない」

ハリとリンダが、同時に「アイ」と答えた。

LaWSの有効射程はわずか三海里だが、最大の利点はきわめて精確であることだった。もちろん、正しく機能すればだが。

ゴメスのティルトローター機は、まだ一海里離れていた。ミサイルが弾着する前に、オレゴン号の蔭の安全なところに到達するのは不可能だ。

「ミサイルが射程内にはいってからターゲットに弾着するまで、約四秒あるわ」リンダがいった。

「最初のミサイルにロックオンしているか？」

「ロックオンし、追跡してる。射撃諸元《しょげん》を得た」

カブリーヨが知っていることを、わざわざいう必要はなかったが、ミサイルが射程内にはいった瞬間にレーザーは発射される。ミサイルの弾頭が過熱して爆発するまで、LaWSが照射される。

「ミサイルをスクリーンに出してくれ」カブリーヨはいった。

スクリーンの半分はなおもティルトローター機に焦点を合わせていたが、あとの半分に空が映し出された。最初のミサイルのロケットエンジンが光る点となって、遠くに見えた。F‐16二機は、まだ遠いので見えない。

「距離一〇海里」リンダがいった。「LaWS発射まで五秒」

カウントダウンした。「五……四……三……二……一……レーザー発射」

LaWSそのものに変化は見られなかった。映画の特殊効果のように必殺の輝く線がのびていくことはない。靄《もや》があれば光線が見えるかもしれないが、なにも変わりがないようだった。きょうは晴れている。

一秒ごとにミサイルのロケットエンジンの炎が明るくなった。AMRAAMは一見したところ、なにものにも妨げられずに、ティルトローター機めがけて突き進んでいた。

そのとき、なんの前触れもなくミサイルが爆発して火の球になった。

だが、ゴメスたちはまだ危険を脱したわけではない。

「二基目のミサイルを狙う」リンダがいった。

ティルトローター機がオレゴン号の上で旋回し、上部構造の蔭でホヴァリングした。

つまり、二基目のミサイルは新造されたばかりのオレゴン号に向かっている。

二基目のミサイルは、一基目よりもさらに近づいていた。

「LaWS作動」リンダがいった。

ミサイルはカメラに向けてまっすぐ進んでくるように見えた。カブリーヨは身を乗り出して座席の縁に腰かけ、レーザーが役目を果たすのを見届けようとした。

レーザーの効果が間に合わなかったように思えた刹那《せつな》、ミサイルはオレゴン号の九〇〇メートル手前で爆発して燃えあがった。ミサイルの弾子がいくつも上部構造や煙突に激突するのを、カブリーヨは見た。

「F‐16が接近してくる」リンダが叫んだ。「旋回して機関砲を使うつもりみたい」

カブリーヨには、戦闘機二機を簡単に撃墜することができるが、友好国に対してそういうことをやったら国際的事件になる。いうまでもないが、責務を果たそうとしている、なんの罪もないパイロットふたりを殺すことになる。

「リンダ、F‐16の機関砲をよく見ていてくれ」カブリーヨはいった。「発砲したら、二機が搭載している残りのミサイルを狙え」

F‐16二機が甲高い爆音とともに青空から現われて、オレゴン号に向けて急降下してきたが、ティルトローター機を撃つ位置につく前に、機体を傾けて離脱し、遠くへ離れていった。

「一番機のパイロットから連絡がありました」ハリがいった。「攻撃を中止するよう命じられたそうです」

友軍相撃が死者の出る事件にならなかったことにほっとして、カブリーヨは座席に背中をあずけた。「ゴメスに、着陸していいと伝えてくれ」

「アイ、会長。それから、ラングストン・オーヴァーホルトがテレビ電話に出ています」

「スクリーンに出してくれ」カブリーヨはいった。

スリーピースのスーツを着た威厳のある年配の紳士が、スクリーンに現われた。カブリーヨがCIAにいたころの上司で、〈コーポレーション〉創設を支援したオーヴァーホルトは、CIA本部の立派なオフィスの椅子に座っていた。

「今夜、晩《おそ》くまで働いておられたので、助かりました」カブリーヨはいった。地球の反対側のアメリカ東海岸では、真夜中を過ぎている。「インドネシア空軍がひきかえすように、手をまわしてくださったことに感謝します」

高齢の割には引き締まった体つきで精力的なオーヴァーホルトがうなずいた。CIAに長年勤務しているオーヴァーホルトは、ありとあらゆることを見聞きし、CIAとその幹部の秘密をすべて知っている。引退の年齢はとっくに過ぎているが、経験と人脈が豊富なので、本人がその気になるまでは追い出すことができないのだ。それに、当分そういうことはないだろうと、カブリーヨは考えていた。

「インドネシア国家情報庁の知り合いに電話した。彼に借りができたし、シュミット上院議員とムニョス上院議員からはいつか借りを返してもらうことになるだろう。ふたりの家族は無事なんだね？」

「オリヴァー・ムニョスが重傷を負いましたが、ジュリア・ハックスリーが手当てしています」

「なるほど」オーヴァーホルトはいった。「容態について追って知らせてくれ。それから、攻撃でもっと大きな被害が出るのを防いだのは見事だった。要旨説明《ブリーフィング》を楽しみにしている」

オーヴァーホルトが、電話を切った。

カブリーヨは立ちあがった。「お客さんに会いにいく。ストーニー、操船を任せる」

「操船、アイ」エリックが答えて、オレゴン号の操船指揮を引き受けた。

カブリーヨはオプ・センターを出て、ティルトローター機のところへ行った。オレゴン号に戻るのが遅れたせいでムニョスが落命していないことを願っていた。

18

ティモール海

シルヴィアが〈エンピリック〉まで泳ぎ着くのに、思ったよりも長くかかった。パニックを起こしかけて、海水を飲んだり吐いたりしながら泳いだ。水上ドローンが発進された船尾プラットフォームのダイビングデッキによじ登ったときには、へとへとに疲れ切っていた。

立ちあがる力が戻るまで、シルヴィアは腹這いでじっとしていた。船内は不気味なくらい静まりかえっていた。聞こえるのは自分の呼吸と船体にぶつかる波の音だけだった。

「もしもし？」シルヴィアは叫んだ。「だれかいる？」

返事はなかった。船内にはいったらなにを見ることになるのだろうと思うと、恐ろしかった。

喉が渇いていたせいで、やっと起きあがった。体を洗うためのホースを見つけて、吐き気を催さないようにゆっくりと真水を飲んだ。

倒れずに歩きまわれるという自信がつくと、いちばん近くのドアを見つけ、覚悟を決めてドアをあけた。把手《とって》を引き、通路にはいった。

だれもいない。死体や血痕もない。

「もしもし。だれか聞いている?」

返事の代わりに、船内の奥からうめき声が聞こえた。

苦しげなうめき声だったが、シルヴィアは一瞬、明るい気分になった。とにかくだれかが生きている。

「シルヴィア・チャアンです」ずっとつづいているうめき声の方角に歩きながら、シルヴィアは大声でいった。「どこにいるの?」

相手は答えなかった。だが、うめき声が切羽詰《せっぱつ》まった感じになった。

シルヴィアは、足を速めた。「どこにいるか教えて?」

言葉はなく、うめき声だけが聞こえた。シルヴィアはますます動揺した。

通路が交差しているところに着くと、シルヴィアは立ちどまり、もう一度呼んだ。

「だれなの？」

うめき声が、左の調理場のほうから聞こえた。

シルヴィアは通路を走って、〈エンピリック〉の調理場にはいった。

船のコック、ロバータ・ジョーダンが、エプロンを付けたままで、手足をひろげて床に倒れていた。〈エンピリック〉に何時間も乗っていたので、シルヴィアはロバータを知っていた。いつもの陽気な顔が苦しげにゆがみ、両腕が痙攣《けいれん》していた。床に大きな鍋がひっくりかえっていて、こぼれた湯がロバータのまわりに溜《た》まっていた。ものの焼けるにおいが、あたりに充満していた。ガスコンロにかけたフライパンから沸き起こっている煙は、換気扇に吸い込まれていた。火災報知器が鳴っていないのは、そのおかげにちがいない。シルヴィアはフライパンを横にどかして、ガスコンロの火を消してから、ロバータのそばでひざまずいた。

シルヴィアが用心深くロバータの片手を持ちあげると、悲鳴があがった。沸騰した湯がかかったために、腕に早くも水ぶくれができていた。

「助けてあげるわ、ロバータ」

ロバータが、絶望したような目でシルヴィアを見た。哀れな感じのうめき声しか出せないようだった。

シルヴィアは立ちあがり、壁に吊るしてあった、救急キットを取った。タオルを冷水にひたして、ロバータのそばに戻った。

「この船になにが起きたの？」火傷の手当てをしながら、シルヴィアはきいた。「みんなはどこ？」

うめき声が、とぎれとぎれになった。ロバータはしゃべろうとしているのだが、声にならないのだ。

シルヴィアは手をとめた。重大な異変が起きている。

「わたしのいうことがわかる、ロバータ？」

ロバータが苦労してうなずき、「あう」というような声を出した。

「しゃべれないのね？」

「あう」ノー。

「どうしてこういうことになったか、憶えている？」

答はノーだった。

シルヴィアは、ロバータの頭を探ったが、瘤《こぶ》はないようだった。火傷を負った腕を持ち、抗生物質の軟膏《なんこう》を塗って、手首から肩までタオルを巻いた。医師の手当てを受けなければならないことは明らかだった。

「ロバータ、わたしがわかるわね？」

うめき声のイエスが帰ってきた。

「わかった。ここがどこかわかるわね？」

イエス。

タオルを巻き終えると、シルヴィアは腕をそっと下におろした。ロバータはすこし楽になったようだったが、やはり動けなかった。

「ロバータ、起きあがれる？」

ノー。

「まったく動けないのね？」

返事の代わりに、ロバータが腕をひくひく動かした。脚はまったく動かない。

ロバータの体が突然麻痺《まひ》するのを見て、シルヴィアは胃にしこりができるのを感じた。べつの乗組員を見つけなければならない。

「ロバータ、あなたをしばらくこのままにしておかなければならない」もう一枚タオルを取って、ロバータの頭の下に入れながら、シルヴィアはいった。

ロバータが、恐怖のあまりうめいた。シルヴィアはそばにいて慰めたかったが、行かなければならなかった。

「もう安全よ」シルヴィアは、安心させようとして、ロバータの火傷を負っていないほうの腕をなでた。「すぐに戻るわ」

シルヴィアは通路に戻り、船内の中心部へ向かった。そこで研究スタッフがテストをモニターしていたはずだった。

途中でオフィスのそばを通った。なかに男がふたりいて、いずれも床でぐったりしていた。調べると、呼吸していたが、体が動いていない。助けを呼ぶと約束して、なおも奥へ進んでいった。

おなじ状態の三人が見つかった。船にいた全員がおなじように体が麻痺しているのではないかと、シルヴィアは推測した。

不意にあることに気づき、シルヴィアは息を呑んだ。トリマランが発射したロケット弾がこの状態の原因にちがいない。だとすると、自分も影響を受けるかもしれない。

シルヴィアは、急いで自分の体の状態を確認した。手脚にちくちくする感覚があるだけで、体を動かす機能に変わりはない。筋肉はきちんと動くようだし、口をきくのにも問題はなかった。どういうガスだったにせよ、いまのところはまだ自分には影響していない。

全員が持ち場から動いていないことからして、あっというまに効果が出たにちがいない。だが、ガスが消散して不活性になるまでどれぐらいの時間がかかるのか、見当がつかない。近くの消火ステーションへ行くと、ガスマスクがふたつあったので、シルヴィアはそれを付けて、調理場にひきかえし、医務用品キットからラテックスの手袋を出した。ロバータのようすを見ると、状態に変わりはないとわかった。

シルヴィアは調理場を出て、一度も立ちどまらずに管制室へ行った。データ管制センターは細長い部屋で、壁のモニターと向き合っているワークステーションが二列にならんでいる。けさの実験のデータが、いまもモニターに表示されていた。

そこには十人が詰めていた。数人は椅子に座ったままだったが、ほとんどが床に倒れていた。

座っていたひとりが、マーク・マーフィーだった。痩せこけていて、髪がもじゃもじゃに乱れ、立派な顎鬚にはなりそうにない薄い鬚を生やしている。マーフィーはシルヴィアよりいくつか年上で、スケートボーダーの格好をして、ヘビメタのファンだった。黒いTシャツとジーンズばかり着ているマーフィーを見て、知能が高く、数々の学位を持っていると思うものはどこにもいない。

マーフィーは、回転椅子に座ったまま、体をこわばらせていた。シルヴィアは、椅子をまわしてマーフィーと向き合った。

「マーク、わたしよ、シルヴィアよ」

だれだかわかると、マーフィーが弱々しい笑みを浮かべ、口を動かしたが、うめき声が漏れただけだった。

シルヴィアは、マーフィーの手を握った。「あなたのことが心配だった。だいじょうぶ？」

マーフィーが、〝冗談はやめろよ〟という意味にちがいない音を漏らした。

「ごめんなさい」シルヴィアはいった。「馬鹿なことをきいたわ。つまり、痛いかという意味だったの」

マーフィーが、ぎこちなく首をふった。

「わたしの手が感じられる？」

マーフィーがちょっと首を動かした。うなずいたのだと、シルヴィアは解釈した。

シルヴィアは、すすり泣きそうになるのをこらえた。マーク・マーフィーは、シルヴィアの異父兄で、おなじ母親のもとで育った。母親はマークの父親と離婚したあとで再婚して、シルヴィアを産んだ。性格はまったくちがうが、天才の兄マークはずっとシルヴィアの親友で、シルビアは尊敬していた。兄がこんなひどい状態なのを見て、シルヴィアは胸が張り裂けそうだった。

マーフィーが右の肘掛をリズミカルに叩いていることに気づいた。右手の人差し指で、長い音と短い音をたてている。シルヴィアはすぐに悟った。モールス符号はわからないが、短い音三つ、長い音三つ、短い音三つの意味は知っていた。

SOS

マーフィーは、いいたいことをそれで伝えようとしている。

「モールス符号ね」トリマランが現われてからはじめて、シルヴィアはほのかな希望を感じた。

マーフィーが、「あう」といううめき声で答えた。

助けを呼ばなければならない。それは明らかだった。船に乗っているあとの四十二人が全員、これまでに見たひとびととおなじ状態だとすると、まもなくきわめて深刻なことになる。だが、トリマランが無線アンテナを破壊したので、通信することができない。

「遭難信号を送れない」シルヴィアはいった。「〈エンピリック〉のアンテナはすべて破壊された」

マーフィーが首をふり、また指で叩いた。ちがうメッセージだった。シルヴィアは、マーフィーが船に乗り組んでいるのを知っていた。モールス符号を憶えているにちがいない。しかし、シルヴィアにはわからなかった。

「わからないのよ」

マーフィーが、自分のワークステーションのデスクをちらりと見た。視線を追うと、マーフィーの携帯電話があった。

「あれを取ってほしいのね？」シルヴィアはきいた。

そうだという反応があり、携帯電話を使いたい理由をシルヴィアは悟った。シルヴィアは携帯電話を持ち、顔認証でロックを解除するために、マーフィーの顔に向けた。それから、〝モールス〟という言葉を検索した。インターネットには接続できなかったが、モールス符号の音を文字に変換するアプリを見つけた。

シルヴィアは、携帯電話をマーフィーの手に近づけ、変換された文字をひとつずつメモパッドに書いた。何度か誤変換があったが、ようやく正しく解釈できた。

衛星携帯電話

「そうよね」シルヴィアは、それに気づかなかったのは間が抜けていたと思った。「あなたの船室に衛星携帯電話があるのね」

散らかりほうだいのマーフィーの船室で衛星携帯電話を見つければ、連絡をとることができる。しかし、だれを信用すればいいのか？　秘密の実験を広大な海で行なっているときに、トリマランに発見されて攻撃されたのだから、内通者がいるにちがいない。しかし、理由は？　なにが目的なのか？

実験を行なう二隻がどこにいるかを知っていて、それをターゲットにしたことは確実だった。先進的な兵器で精密な攻撃を行なったのだから、無作為の攻撃ではない。

「だれに電話すればいいの？」考えたことを、シルヴィアは口にした。

マーフィーが、また叩きはじめた。それを変換して書き留めたシルヴィアはきいた。

「まちがいないわね？」

マーフィーがうなずいた。

マーフィーはそれまで名前を一度もいわなかったが、何度かうやうやしくその人物の話をしたことがあったので、自分たちの命を預けてもいいというマーフィーの判断を、シルヴィアは信じた。携帯電話の連絡先をスクロールして、その人物の名称を見つけた。シルヴィアがメモパッドに書き留めたマーフィーのメッセージと一致していた。

会長に電話して

19

バリ

　船内中央の格納庫でティルトローター機に乗っていたひとびとと会うときに、カブリーヨは旧オレゴン号にはなかった輸送手段を利用した。広い通路が、全長にわたって楕円《だえん》形にのびている。通路は一本の黄色い線で二分されていて、いっぽうは歩行者専用レーン、もういっぽうは無人電車《トラム》システム専用レーンだった。乗客や荷物を積める大きさの無蓋《むがい》のトラムが四台あり、トラム同士やレーンにはいってきた人間に衝突しないようにセンサーを備えている。緊急事態に逆方向に移動するよう自動運転解除コマンドが出されないかぎり、トラムは楕円形のレーンを一方通行で走っている。

　カブリーヨが呼び出しボタンを押すと、まもなくトラムがやってきた。車輪付きベッド《ガーニー》とジュリアの医務科のスタッフふたりがすでに乗っていた。カブリーヨはふたりにうなずいてから乗った。バッテリーが電源のトラムは、モーターの低いうなりと、ゴムのタイヤの転がる音をたてて、なめらかに加速した。

格納庫でトラムがとまると、三人はおりて、もとは貨物船の船艙《せんそう》だった広いスペースにはいっていった。整備用器材、燃料ホース、スペアパーツが、周囲の隔壁に沿ってきちんと収納されている。ティルトローター機は、エレベーターを兼ねているヘリコプター甲板に載っていて、それがおりてくるところだった。上を向いているプロペラがまだ惰性でゆっくりとまわっていた。尾部のクラムシェルドアがすでにあいていて、リンクとエディーが、ジュリアに導かれて、バックボードに固定されたオリヴァー・ムニョスを運び出していた。

バックボードがおろされる前に、カブリーヨはまだおり切っていないヘリコプター甲板に跳び乗って、ジュリアたちのほうへ歩いていった。ジュリアの手術着《スクラブ》が血で汚れていた。ムニョスはほぼ意識不明の状態だった。

「彼のぐあいは？」カブリーヨはきいた。

ジュリアがうなずき、見通しが悪くないことを伝えた。「救急車を待たなかったのは正解だったわ。わたしの目の前で死にかけたのよ。緊張性気胸――つまり肺が潰れていたので、飛行中に針を刺して、圧力を抜かなければならなかった。さいわい、ゴメスが数秒間、揺れないように操縦してくれたので、それができた」ヘリコプター甲板兼エレベーターがおり切ったらすぐにガーニーをよこすよう、ジュリアは合図した。

「これからどうなる？」

「医務室に運んで、胸にチューブを差し込む。CTスキャンをやって、損傷がある場所を調べる。おそらく、弾子を摘出する胸部手術を行ない、折れた肋骨《ろっこつ》を接《つ》ぐ必要があるでしょうね。バリにはすばらしい病院がいくつかあるわ。この診断でまちがっていないと思う」

「時間はどれぐらい必要だ？」ムニョスがガーニーに移されるときに、カブリーヨはきいた。

「容態を安定させるには、一時間もかからない」ジュリアがいった。「ほかに予想外のことが見つからない限り」

カブリーヨはうなずいた。「それまでにデンパサールに入港できるだろう」

「追って報告するわ」

ジュリアと医務科のふたりが、ムニョスをトラムに運んでいった。ジュリアの診断にまちがいはないと、カブリーヨは確信していた。

カブリーヨは携帯電話を出して、ハリを呼び出した。

「エリックに、デンパサールに針路を定めるよう伝えてくれ。それから、オリヴァー・ムニョスや家族を病院に搬送するために、CIAが身許を確認してある医師ひとり、専用救急車、警護班を、桟橋《さんばし》に待機させてほしいと、ラングに頼んでくれ。上院議員ふたりには、病院へ行ってもらえばいい」

「ムニョスさんの容態について、オーヴァーホルトさんにはどういえばいいですか?」ハリがきいた。

「医療界で最高の治療を受けているし、助かるとジュリアが思っているといってくれ」

「アイ、会長」

カブリーヨは電話を終えて、ティルトローター機からゴメスが出てくるのを見た。ヘリコプター甲板の標示がある甲板が頭上で閉じるところだった。

「掩護ありがとうございます、会長」

「最初の任務できみを失うわけにはいかない」

「わたしもですよ。新しいベイビーはどこも傷を負っていませんが、機内はかなり血まみれです」ゴメスがいった。「バイオハザード清掃をやらないといけません」技術員がティルトローター機を固定し、ゴメスはクリーニングに必要なものを取りにいった。

エディーとリンクは厳しい表情で、服がずぶ濡れだった。

「ムニョスが助かるといいんですが」リンクがいった。

「同感です」エディーがいった。「迫撃砲弾が落ちてくる前に、彼らをパークから連れ出せればよかったんですが」

「きみたちがいなかったら」カブリーヨはいった。「四人とも死んでいただろう。オーシャンランドの客数十人といっしょに。それで思い出したが、マクドはどこだ？」

「マクドはあとの家族を案内して、飲み物と服を用意してます」リンクがいった。

「三人とも怯え切ってます。ことにムニョスの娘が」

「三人は甲板でおろしたほうがいいと判断しました」エディーがつけくわえた。「カイル・シュミットが、ティルトローター機が隠れた格納庫におりていくのを見たら、すぐさま携帯電話を取り戻してソーシャルメディアにアップするにちがいないので」

「よく気がついたな」カブリーヨはいった。「さあ、乾いた服に着替えてから、着後報告《デブリーフィング》をやろう。そのあいだに、わたしはマクドたちがいる食堂へ行って、オリヴァー・ムニョスの状態を伝える」

トラムを待つあいだに、リンクがいった。「いまのところ、新しい船が気に入ってます。ことにレーザーが。役に立ちましたね」

「レイルガンもだ」カブリーヨはいった。「迫撃砲弾を発射していた漁船を排除するのに使った。もっとも、マックスはその他の新装備のバグに取り組まなければならない。ところで、新しいハーレーは、出航前に船艙に届いたのかな？」

前のオレゴン号がチリのフィヨルドで沈没したとき、乗組員の人的損耗《そんもう》はなかったが、個人の所有物は船といっしょに沈み、リンクの最愛の特注バイクも失われた。

「早く見たくてうずうずしてます」リンクがいった。「マレーシアに戻ったら、ひと乗りしますよ。クリスマスには、ペナンにいる海軍の昔の仲間と会います」オレゴン号は、クリスマス祭日の二日前に、乾ドックにはいる予定だった。

三人はつぎのトラムに乗り、船尾の乗組員区画へ向かった。

「改名式に行ければよかったんですが」エディーがいった。こんどのオレゴン号は、スクラップにされる予定の在来貨物船の骨組みをもとに建造されたので、例によって船名を変更する儀式を行なっていた。

「シージャックがあるらしいとレイヴンが連絡してきたので、急いでやらないといけなかったんだが、前の船の日誌を焼くあいだ、〈ドン・ペリニヨン〉をたっぷり注いだ。オレゴン号の前の船名が二度と口にされることがないように。悪運をひきずるのは嫌だからな」船乗りが迷信深く、海の神々を怒らせたくないと思っていることを、カブリーヨは知っていた。

乗組員区画に着くと、エディーとリンクはそれぞれの船室へ行き、カブリーヨは乗組員用の本物のダイニングルームとはべつの、偽の食堂へ向かった。オレゴン号には、港長や検査官などの船内を調べるのが仕事の人間に見せる部分が、特別に造られている。任務の必要に応じて、整頓《せいとん》されることもあれば、吐き気を催すように演出されることもある。

だが、乗組員が暮らし、勤務している隠された部分は、五つ星のクルーズ船並みに品よく豪華なしつらえだった。乗組員は年中オレゴン号に乗っているので、船室を自分の好きなように装飾したり、設備を設けたりすることを許されていた。ダイニングルームのサービスは、レストランだったらミシュランの高い評価が受けられるはずだし、いまカブリーヨが歩いている廊下には高級なカーペットが敷かれ、やわらかな照明を浴び、〈コーポレーション〉の資産が保管されている銀行の地下金庫から順番に出して飾られる本物の名画が架かっている。

カブリーヨは、廊下の突き当たりへ行った。オレゴン号の隠れた奥の院から出るために、把手を引くと、ドアがあいた。その向こうは物置だった。ドアを閉めると、清掃用品が置いてある棚があるだけで、出入口はどこにも見えない。こちら側からドアをあけるには、流しの横のホワイトボードに手を当てるだけでいい。掌紋《しょうもん》リーダーが自動的にドアをあけてくれる。許可を得ている乗組員はすべて、その出入口を使える。カメラの映像を見て、表にだれもいないことをたしかめると、カブリーヨは物置から通路に出た。一般の貨物船とおなじように、蛍光灯に照らされていて、隔壁は白いペンキの塗装、床はリノリウムだった。なんら変わらない通路に出た。乗船してきた役人を早く追い払うために、いづらい環境にするときには、壁の色を変えることができる。その錯覚を強めるために、蛍光灯をまたたかせ、空調システムから悪臭を流すことができる。

カブリーヨは表向き用の食堂にはいり、スウェットシャツと半ズボンを着たマクドが、息子のカイルとエレナを両腕で抱いているエミリー・シュミットと話をしているのを見た。

カブリーヨは近づいて名乗った。「ノレゴ号の船長、デイヴィッド・アーヴィングです。こんなひどい状況でお目にかからなければならないのは残念ですが、まもなくデンパサールに到着します」

エレナが、涙を浮かべた目でカブリーヨを見あげた。「パパのぐあいはどうですか？　助かるんでしょう？」

　カブリーヨはうなずいた。「だいじょうぶのようです。この船の医師はたいへん経験が豊富だし、容態が安定したら、病院へ運んで治療してもらいます。シュミット上院議員とムニョス上院議員に、あなたがたが無事だということをすでに伝えてあります」

　エミリーが、カブリーヨの手を握った。「ありがとう、アーヴィング船長。あなたの部下がどうやってわたしたちを救ったのか、わかりませんが、あそこにいてくださってよかった」

「手助けできてよかった」カブリーヨの携帯電話が鳴った。「失礼します。有能な乗組員にあなたがたを託します。ムニョスさんの状態に変化があったら、お知らせします」

　食堂を出て携帯電話のスクリーンを見ると、マーク・マーフィーが衛星携帯電話でかけてきたのだとわかった。

「マーフィー、実験は終わったのか？」カブリーヨは電話に出てきいた。「船の新しい装置類《ガジェット》のいくつかで、マックスがきみの助けを必要としている」

「マークじゃないの」ふるえを帯びた女の声が聞こえた。「わたしはシルヴィア・チヤァン、マークの妹です。ほかにだれに電話していいか、わからなかったの」

カブリーヨはためらった。マーフィーの衛星携帯電話でこの番号に電話してくることが許されているのは、マーフィー本人だけだ。

「マーフィーはどこにいる？」

「長い話になるわ」

「無事なのか？」カブリーヨはきいた。

「いいえ。それで電話しているの。彼は口がきけないのよ」

「なぜだ？　なにがあった？」

「はっきりとはわからない。毒物にやられたのかもしれない」

「何者に？」

「わからない。彼らは船で来た」

話がいよいよ奇怪になっていた。何者かに衛星携帯電話の番号をスプーフィングされているのではないかと、カブリーヨは不安になった。

「きみがほんもののシルヴィアだと、どうしてわたしにわかる？」

カブリーヨは、乗組員すべての履歴に通じていた。たしかシルヴィアは、マーフィーと母親がおなじで、父親がちがう妹だった。シルヴィアの父親は、学生ビザでアメリカに来たあとで市民権を得ている。シルヴィアはマーフィーよりもふたつ若く、物理学と数学の博士号を得ている。マーフィーとおなじくらい知能が高い。

「わたしは〝ライノー〟・プロジェクトの主任調査員です」シルヴィアはいった。「あなたは会長で、わたしのプラズマ・シールドをいつか自分の船に装備できるかもしれないと考えて、兄のマークをわたしたちに貸した。兄はものすごく頭がよくて、憎らしくて、馬鹿っぽい人間で、わたしは愛しています。アルバニアであなたに命を救われたと、マークが話してくれたことがありました」

そういうことは、ほかに何度もあったのだが、オレゴン号での出来事を秘密にするという約束を、マーフィーは護っているようだ。それを除いて。

「それから、あなたがロング・ジョン・シルヴァーみたいに隻脚《せっきゃく》だといっていた」

それも事実だった。遠い昔の任務で、カブリーヨは右脚を失った。義肢《ぎし》に慣れているので、見せない限り、だれにも気づかれない。

「わかった、シルヴィア」カブリーヨはいった。「信じる。どういうことなのか、話してくれ」

それから十分かけて、シルヴィアは自分が潜《くぐ》り抜けた悪夢について説明した。カブリーヨは、細かいことを確認するときだけ口を挟み、話を聞くうちに怒りをつのらせた。ことにマーフィーがどんな目に遭ったかを聞いたときには激怒した。シルヴィアの話が終わると、カブリーヨはいった。「ティモール海にいるといったね。座標は?」

シルヴィアが教え、カブリーヨは携帯電話の地図機能にそれを入力した。

「九時間後にそこへ到着して、きみとマーフィーをオレゴン号に乗せられる」

「九時間?」信じられないという口調で、シルヴィアがきいた。「どうやって?」

「われわれはバリの近くにいる。そっちの位置から数百海里だ」オレゴン号のあらたに搭載した機関をテストする好機だった。「それまでに、船内で動けなくなっている乗組員に助けが必要なはずだから、オーストラリア海軍と沿岸警備隊に連絡して、そこに急行してもらおう。彼らを信頼するしかない。アメリカの艦艇が近くにいれば、行かせるようにする。〈ナマカ〉と乗組員はアメリカの機関に属していたからね」

「ありがとう、会長」シルヴィアはいった。

「ファンと呼んでくれ。ファン・カブリーヨだ」

「ありがとう、ファン。マークがあなたの部下でよかった」

「それまで、なにか必要があったら、わたしに電話してくれ。じきに会おう」

カブリーヨは電話を切り、上院議員の家族をバリに無事送り届けたあとで、南に向かう針路をとるデータを入力するために、オプ・センターを目指した。

20

ティモール海

救援が到着するのを待つあいだに、シルヴィアは災難に見舞われた乗組員の怪我の手当てをして、水が飲めるようなら水を持ってきてやり、できるだけ楽な姿勢にしてやった。火傷を負ったロバータのほかに、ふたりが頭に怪我をしていて、ひとりが腕を骨折していた。どういうわけかナイフで脚を切っていた女性もいた。

彼らの世話をするあいだ、シルヴィアは念のために不自由な思いをしてガスマスクを付けていたが、自分にはなんの症状も起きていないことに気づいた。症状の出かたはひとによって程度が異なるようだった。マーフィーのように、体が完全に麻痺しているものもいた。あとはたいがい、ひどく衰弱していたが、短い言葉を発することができるか、自力で動くことができた。全員が二十四時間態勢の治療を受ける必要があった。

ファン・カブリーヨに電話をかけてから九十分後、遠くで船の霧笛が鳴ったので、シルヴィアははっとした。こんなに早く〈エンピリック〉に近づく船があるとは、思っていなかった。シルヴィアは食堂を出て、どういう船か見届けるために、甲板へ行った。

風変わりな形の赤い船が、一海里離れたところから、急速に接近していた。船首に上部構造があり、高い船首に格子状の梁《はり》で支えられたヘリコプター甲板があった。

これほど早く到着したのは、カブリーヨが救難を呼んだときに、その船が近くにいたからにちがいない。シルヴィアはどうしようかと迷った。この船の乗組員がトリマランに乗っていた連中の仲間だとすると、目撃者の可能性がある自分を殺すだろう。しかし、どこへも逃げられない。カブリーヨの助言に従い、助けに来たのだと信じるほかに手立てはなかった。

シルヴィアは、ガスマスクをはずして、接近する船を不安にかられながら見守った。四〇〇メートル以内に近づくと、ラウドスピーカーで呼びかけるのが聞こえた。

「〈エンピリック〉。こちらはオーストラリア巡視船〈オーシャン・プロテクター〉。臨検に備えなさい」

船が停止し、交通艇《テンダー》が水面におろされた。〈エンピリック〉の船尾に向けてそれが航走してきたので、シルヴィアは出迎えにいった。

シルヴィアが船尾へ行ったときには、臨検隊がすでにプラットフォームにあがっていた。六人全員がハザードスーツを着ていたので、シルヴィアは驚いた。

「わたしはウォマック少佐」女性士官がいった。「〈オーシャン・プロテクター〉副長。あなたは？」

「シルヴィア・チャァン。アメリカ船〈ナマカ〉の乗客でした」

「沈没した船ね？」

「ええ」

「爆発の生存者は、あなたのほかには？」

攻撃だったのに、おかしないいかただと、シルヴィアは思った。

「いいえ」シルヴィアはいった。「運よく船から逃れられたのは、わたしだけでした」

「それで、〈エンピリック〉の死傷者は？」

「四十三人」

「死者は？」

「ひとりもいない。全員、生きているけど、どこかに異常をきたしている」

「どういう意味？」

「全員が急に麻痺状態になっている」

「どうしてそんなことがありうるの？」

「わからない。どうも全員がしばらく気を失っていて、意識を取り戻したときには、体をちゃんと動かせないか、まったく動かせなくなったらしい」

「わたしたちが世話をする」ウォマックがいい、部下にうなずいてみせた。臨検隊が散開してあちこちに向かった。シルヴィアはそれに加わろうとしたが、ウォマックに引きとめられた。

「ちょっと待って」ウォマックがいった。「事故についてもっと知りたい」

「事故？」シルヴィアは答えた。「いったいなんの話？」

「三時間前にわたしたちが受信した救難信号では、〈ナマカ〉の船内でガス爆発の原因になる事故が起きて、沈む前に化学物質の蒸気がひろがり、〈エンピリック〉を呑み込んだということだった。わたしたちはその連絡に応答したが、そのあとなにも連絡がないので、最大速力でここへ来た」

「救難信号？ ありえない」溶けた無線アンテナを指差し、その救難信号はトリマランから発信されたにちがいないと気づいた。

「あれは爆発によるものなの？」ウォマックがきいた。

「いいえ。攻撃されたときにああなったのよ」

「攻撃？　だれに？」

「わからない。トリマランだった」

「どういうふうに攻撃されたの？」

プラズマ・キャノンのような未来的な兵器だと思うというわけにはいかなかった。

ウォマックに頭がどうかしていると思われる。

「よくわからない」シルヴィアはいった。じっさいそのとおりだった。

「攻撃されるような理由があるの？」

「わからない」

「あなたたちは、ここでなにをやっていたの？」

「いえない。秘密扱いだから」

「その攻撃があったとき、あなたはどっちの船に乗っていたの？」〝攻撃〟という言葉を信用して使っているわけではないことを、シルヴィアは察した。

「〈ナマカ〉にいた」

「それでたまたまひとりだけ助かったわけ？」

「トリマランに船を破壊されたときに、海に投げ出された。トリマランは〈エンピリック〉にしばらく横付けしてから姿を消した。わたしは泳いでここまで来た」

「そして、〈エンピリック〉に乗ってからずっと、ガスマスクを付けていたのね？」シルヴィアがまだ手に持っていたガスマスクを、ウォマックが指差した。

「いえ、ちがう。この船でなにが起きたのか、最初はわからなかったけど、乗組員を何人か見つけてから付けたのよ」

シルヴィアは、一部始終をもう一度話した。ウォマック少佐は、シルヴィアの話が信じられず、天を仰ぎそうになるのをこらえているようだった。〈オーシャン・プロテクター〉の乗組員のひとりがそばに来ても、そういう状況は変わらなかった。

「乗組員の手当てをしています」その男がいった。「しかし、このかたがいうとおり、全員、体が麻痺しています。話を聞くことはできませんが、ほとんどが質問にイエスかノーで答えられます。彼らの状態は、事故のときに放出された化学物質が原因にちがいありません」

「事故じゃなかった」シルヴィアはいい張った。「攻撃されたのよ」

ウォマックと部下が、事情はわかっているといいたげな目つきをかわした。

「あなたたちが考えていることはわかっているわ」シルヴィアはいった。「でも、わたしは幻覚を起こしたり、こういう話をでっちあげたりしていない」実験の結果を記録するために、〈エンピリック〉に船外カメラがあるのを、不意に思い出した。「証明できる。その船がわたしたちを攻撃するところが、動画に写っているはずよ」

「わかった」ウォマックが答え、部下のほうを向いた。「生存者を〈プロテクター〉に移して。そこから傷病者後送《MEDEVAC》しましょう。一機目のヘリコプターが、まもなく到着する」

部下がうなずいて、その場を離れた。

「ヘリコプター？」

ウォマックがうなずいた。「あなたたち全員を、オーストラリアにMEDEVAC《メデヴァク》する。ダーウィン国立病院が、受け入れ準備をしている」シルヴィアも連れていかれることは明らかだった。

「来て」シルヴィアはいった。「録画を見せるから」

ガスマスクを付けて、ウォマックの先に立ち、管制室へ行った。〈オーシャン・プロテクター〉の乗組員ひとりが、麻痺している研究員たちを手当てしていた。シルヴィアは、椅子に座ったままのマーフィーに笑みを向け、肩を軽く握った。

「救援が来たのよ、マーク」シルヴィアはいった。「こちらはオーストラリア国防軍のウォマック少佐。なにがあったかを見せてから、あなたたちを彼女の船に移す」

マーフィーが、返事の代わりにうなった。シルヴィアはコンピューターの前に座って、実験のタイムコード付きの動画ファイルをひらいた。

プラズマ・シールドが映っている部分は飛ばし、攻撃直前から再生した。ドローンが水面で停止し、〈ナマカ〉の手摺にふたりの人物が立っているのが写っていた。遠いので見分けることはできないが、自分とケリーだとシルヴィアにはわかっていた。

ケリーの姿を見て、シルヴィアは息を呑んだ。

「右側がわたしよ」シルヴィアは、スクリーンの自分の姿を指差した。

つぎの瞬間、〈ナマカ〉のブリッジが爆発した。光が強烈すぎるので、人影はもう見えなかったが、ケリーが船内に逃げ込んだときに警告したことを、シルヴィアは思い出した。つぎの爆発が上部構造を引き裂いた。そのときにシルヴィアは海に落ちた。この視点から見ていると、シルヴィアの背すじをさむけが這いおりた。

爆発が何度もつづいて、〈ナマカ〉の船体がバラバラになり、燃える骨組みだけが残った。濃い煙が〈エンピリック〉のカメラのほうへ流れてきた。〈ナマカ〉が海に沈み、見えなくなった。

「あれが攻撃?」ウォマックがきいた。

信じられないという口調だったが、シルヴィアには理由がわかっていた。動画を見てはじめて、プラズマ・キャノンが発射するガスはきわめて高速なので〈エンピリック〉のカメラは捉えることができなかったのだと気づいた。訓練されていない人間の目には、〈ナマカ〉の船内で爆発が起きたように見える。

「攻撃してきた船はどこ？」ウォマックがきいた。

「もうじき見える」シルヴィアはいった。トリマランが〈エンピリック〉の生存者を調べにくるところを見せるために動画を早送りしたが、スクリーンはその前に暗くなった。なにも写っていない。録画の最後までずっとおなじだった。

シルヴィアは、みぞおちが冷たくなるのを感じ、どうして証拠の動画が残っていないのかを悟った。トリマランの殺人者たちが〈エンピリック〉に乗り込んだのは、そのためだったのだ。彼らは残っている証拠を消した。それから偽の救難信号を発信し、すべてが異様な事故だったように見せかけた。〈オーシャン・プロテクター〉が、シルヴィアがファン・カブリーヨに電話をかける前から、現場に急行していたのは、トリマランの殺人者たちが〈エンピリック〉の乗組員たちを発見させたかったからだ。

しかし、その理由がわからない。

「それだけ？」ウォマックがきいた。

シルヴィアは黙ってうなずいた。動画は消されたのだとウォマックにいっても、異常に興奮しているか嘘をついているのだという疑いを強めるだけだ。

ウォマックがシルヴィアの腕を取り、そっと椅子から立たせた。

「安全なところへ連れていくわ」ウォマックがいった。子供をなだめる親のような口調になっていた。

「兄といっしょにいたいの」シルヴィアはマーフィーのそばに立った。

「お兄さんなの？」ウォマックが疑うようにきいた。

「ええ」

「あなたの話を裏付けてくれるかしら？」

「いいえ。彼もほかのひとたちとおなじように、意識を失っていた」

ようやく事情がわかったというように、ウォマックがうなずいた。「あなたもそうだったんじゃないの？」

シルヴィアは、溜息《ためいき》をついた。「そうかもしれない」

ウォマックが信じないほうが好都合かもしれないと、シルヴィアは思った。〈エンピリック〉の乗組員たちといっしょにダーウィンへ行けば、事故でガスを吸った犠牲者のひとりだと見なされるはずだ。そうしなかったら、トリマランに乗っていたあの男と女が、目撃者を消そうとしてやってくるかもしれない。

ウォマックが、管制室の麻痺している乗組員たちを運んでいる部下を手伝いはじめ、シルヴィアはマーフィーのそばに残った。

マーフィーが肘掛を叩き、シルヴィアは携帯電話を使ってモールス符号を変換した。

おれはあんたを信じる。会長も信じるだろう。

マーフィーに信じてもらえるのはありがたかったが、頭のいい兄がこんな状態になっているのを見るのは悲しかった。声と体の動きを奪われたのだ。攻撃されたという事実をいくら説明しても納得させることができなかったのだから、ウォマックの推測に調子を合わせたほうが賢明だと、シルヴィアは判断した。マーフィーを除けば、信じてくれるのはファン・カブリーヨだけだろう。だが、なんとかして、なんらかの方法で、友人や同僚を殺し、傷つけたやつらを探し出す――そうシルヴィアは心に誓った。

そして、探し出したときには、そいつらが二度とだれも傷つけられないようにする。

21

オーストラリア、ヌランベイ

十二月下旬は、オーストラリアの北部準州《ノーザン・テリトリー》では雨季の真っ最中だ。トリマラン〈マローダー〉をおりたエイプリル・チンを午後の土砂《どしゃぶ》降りの雨が激しく叩いた。〈マローダー〉という船名は、アメリカから盗んだ実験的兵器プラズマ・キャノンの略称に因む。また、それがこのトリマランの主要兵器だった。〈マローダー〉は、最後の貨物を積んで出航する準備をしている貨物船〈シェパートン〉のとなりに係留されていた。エイプリルは、海岸沿いのコンクリートの駐機場《エプロン》の横に設置された仮設事務所へ急いで走っていった。

ヌランベイの深水港は、数年前に完全に閉鎖された広大なアルミナ精錬所に隣接している。精錬所のタンクや処理施設は、熱帯の湿気のために錆びている。近くのボーキサイト鉱山はまだ操業しているが、精錬所が閉鎖されて雇用が失われたため、小さな町のヌランベイは大きな打撃を受けた。ゴヴ半島にある町はまったくの僻地《へきち》で、そこへ行くには、もっとも近い舗装道路から未舗装路を七〇〇キロメートル走らなければならない。したがって、リュ・イァンが設立したダミー会社のアロイ・ボーキサイトと称する新ビジネスが、町の経済に資本を注入することを、町の住民は歓迎した。

エイプリルの継父リュ・イァンは、湾の向かいにある辺鄙《へんぴ》な沼地のまんなかにあるなんの価値もない土地を一三〇平方キロメートル買いあげて、詮索《せんさく》の目を逃れられる秘密工場を建設した。ひとつだけ問題があった。道路がないので、ぬかるんだ沼地や浅い川を通ってそこまで行くのが困難だった。だが、それもリュの考慮にはいっていた。リュがそれを解決した交通手段に乗って、まもなくエイプリルの夫が現われるはずだった。

エイプリルは事務所にはいり、レインコートを脱ぎ捨ててから、コーヒーを注《つ》いだ。好奇心をどうにか抑えながら、デスクのノートパソコンを見つめた。継父リュの計画の最後の部分が、きょう明かされることになっていた。エイプリルはいま動画を見たくてうずうずしたが、夫といっしょに見ることに同意したので、代わりにオーストラリアのニュースのウェブサイトを見た。

きのうの攻撃のことが、目論見《もくろみ》どおりインターネットで大々的に報じられていた。エイプリルは記事を詳しく読んだ。オーストラリア海上国境警備隊が、ティモール海の船舶二隻の遭難信号に対応した。一隻はアメリカ船、もう一隻はオーストラリア船だった。生存者はダーウィンの病院にヘリコプターで搬送されたが、全員が重体だった。事故でガスを吸ったのが原因で、そのために体が麻痺しているという噂《うわさ》が渦巻いていた。報道によれば、二隻はアメリカ軍とオーストラリア軍の合同作戦で秘密実験を行なっていた。そのため、化学兵器のテストが制御不能になったのではないかという憶測がひろまっていた。エイプリルがあらかじめソーシャルメディアに仕込んでおいたプログラミング済みのBOT（コンピューターウイルスの一種）が、オーストラリアの秘密兵器が悲劇的事件の原因だとする陰謀理論を煽《あお》った。

リュの周到な計画に感心して、エイプリルは笑みを浮かべた。疑念と恐怖の種は、すでに大衆の意識のなかに蒔《ま》かれている。たとえアメリカとオーストラリアが、二隻が実際に行なっていた実験のことを明かしたとしても、事故の責任をかわすための馬鹿げた作り話だと嘲《あざけ》られるにちがいない。

エイプリルがその皮肉な事態を頭のなかで楽しんでいると、巨大なプロペラのうなりが近づいてくるのがわかった。エイプリルは立ちあがり、窓際へ行って、空ではなく海のほうを見た。雨の幕が視界を妨げていたが、岸に向けてかなりの速度で接近しているその大きな乗り物の周囲の白い水飛沫《しぶき》を見分けることができた。船ではなかった。〈マーシュ・フライヤー〉と名付けられた巨大なホヴァークラフトだった。

再建されたそのSR・N4は、乗客と車を乗せてイギリス海峡を渡るのに使われていたのだが、英仏海峡トンネルが完成したために、時代遅れになった。ボディはグリーンに塗装され、乗客四百人が乗れる客室の窓があり、前部と後部には乗用車と小型トラック六十台が乗り込める大きな扉がある。平坦な上部に操縦士のためのコクピットがあり、推進と針路変更に使われる巨大プロペラ四基が、可動式パイロンの上にそびえている。揚力ファンが吹きおろす風を封じ込める黒いスカートがある。〈マーシュ・フライヤー〉はエアクッションによって浮きあがっているので、アロイ・ボーキサイト秘密工場から沼地を渡って出てきて、ヌランベイの湾を横断できる。

エプロンに近づくと、〈フライヤー〉が速度を落とした。ありきたりの期待に反抗するようにそれが海面から浮きあがって陸地に達するのを見るたびに、エイプリルは愉快になる。乾いた地面に達すると、ホヴァークラフトは軸を中心に方向転換し、係留されている〈シェパートン〉に尾部を向けた。揚力ファンが停止され、スカートがしぼんで、〈フライヤー〉が地面にゆっくりと座り込んだ。

後部の傾斜板がおろされ、貨物船の準備ができているデリックのほうへ何台ものトラックが走り出した。貨物がすべておろされると、アンガス・ポークが傾斜板を下って、雨のなかを小走りに事務所に近づいた。

ポークがドアからはいりながらいった。「もう見たか?」

「これから見ようと思っていたところ。でも、オーストラリア軍が秘密の化学兵器研究でずさんな作業をやったとマスコミが非難する記事を読むのに夢中になってたのよ。オーストラリア軍が、VXみたいな致死性の神経ガスを保有しているかもしれないと思われるのは時間の問題よ」

「〝エネルウム〟は、ある意味では神経ガスだといえる」ポークがいった。「しかし、マスコミが自分たちの政府を非難している限り、なんと呼ぼうが知ったことじゃない」

「〝エネルウム〟を必要量、製造したのね?」

ポークはうなずいた。「容器入りの最後の製造分をいま〈シェパートン〉に積んでいるところだ。日没までに出航できるだろう」

「よかった。それじゃ、わたしはおなじ時刻にポート・クックに向かうわ」

「最初の〝事故〟につづいて、二度目の事故がほとんど間を置かずにおきたら、マスコミは逆上するだろうな。リュはじつにうまく計画を立ててる」エイプリルが顔をしかめていることに、ポークは気づいた。「どうした？」

「心配なことがあるのよ」エイプリルがいった。

「怖《お》じ気《け》づいたのかもしれないが、いまさら後戻りできない」

「作戦を一度だけやればいいと思ってたのよ。それで終わりだと。段階ごとにリスクが大きくなるし、どこが出口なのか知りたい」

「これまでのところ、リュのいうことはすべて正しかった。工場、ガス、〈マローダー〉、プラズマ・キャノン。われわれの最初の〝エネルウム〟攻撃にマスコミがどう反応するかも読んでいた。おれたちがこれをはじめてから、ロックされた暗号通貨の価値は三千万ドル分増えた。おれたちはリュの最終目標に近づいているにちがいない。それを果たしたら、もうなにも要求されないだろう。最後までやるほかに、選択の余地はないんだ」

エイプリルが、深い溜息をついてうなずいた。「わかってる。いまさらやめられない」

軍資金の百万ドルがあっというまに尽きて、期限がどんどん迫っているというのが事実だった。計画を進めないとふたりとも文無しになり、死刑に相当する重罪で指名手配される可能性がある。

ポークが、ノートパソコンのほうを顎で示した。「リュの最後の動画を見て、おれたちの目標がなんなのかたしかめよう」

これまでは、〝エネルウム〟の最終ターゲットをリュが伏せていた。ようやく、計画の終盤がなんであるかを明かす動画にアクセスできる日付になったのだ。エイプリルとポークは、メルボルンでリュの最初の動画を見てからずっと、この瞬間を待っていた。

「見ましょう」エイプリルがいった。そわそわして座っていることができなかったので、立ちあがって、動画を再生する暗証番号を打ち込んだ。

スクリーンにリュが現われた。前に見たときとおなじで、やがて彼の命を奪うガンに肉体をボロボロにされていた。

「ごきげんよう、エイプリルとアンガス」弱々しくしわがれた声で、リュがいった。「おまえたちはこの瞬間をいそいそと待っていたにちがいない。おまえたちの立場ならそうだとわかっている。なにが起きるかを明かしたときに、おまえたちがどんな顔をするか、見ることができるようなら、どんな代価を払っても惜しくない」水をひと口飲み、リュが咳払《せきばら》いをした。

「やつは芝居がかったことが大好きなんだな」ポークがつぶやいた。「もう墓場にはいってるってわかってるのに」

「リュが元気だったときに会わせたかったわよ」エイプリルがいった。

「まず、これまでのおまえたちの成功を祝したい」リュがいった。「やらなければならないことは、まだ数多くあるが、おまえたちの任務は数日後に終わる。おまえたちは中国に対して絶大に貢献し、わたしの富を受け継ぐ。これまでのオーストラリアでの生活には、別れを告げなければならないだろうが、アジアに友人がおおぜいできるし、どこでも好きなところで暮らしていけるだけの財産がある」

「よし、さっそくおれたちがやることをいってくれ」ポークが、せわしない口調でいった。

リュがつづけた。「ご褒美《ほうび》がおまえたちを待っている。約束したとおり、これが終わったら、数億ドルの暗号通貨がおまえたちのものになる。おまえたちが役割を果たせば、わたしはそれに応える。さて、目標だが」また咳き込み、水を飲んで抑えた。

エイプリルとポークは、顔を見合わせた。一《いち》か八《ばち》かの勝負だ。エイプリルは、ポークの手を握った。

「わたしの指示におまえたちが従っていれば、貨物船は投射システムも含めて〝エネルウム〟を満載しているはずだ」リュがいった。「積んでいるガスは、五百万人に使用できる量だ。オーストラリアの大都市の人口はそれくらいだ。おまえたちは貨物船に乗り、九日後の大晦日《ニュー・イヤー・イヴ》に、午前零時の鐘が鳴ると同時に、シドニー港のまんなかで大気中にガスを放出するのだ。それが最終目標だ。おまえたちがそれに成功することを願っている」

22

容態を安定させたオリヴァー・ムニョスと上院議員ふたりの家族がバリの病院に運ばれると、カブリーヨはオレゴン号の新型機関を限界まで運転させて、〈エンピリック〉の遭難現場に到着した。しかし、そのときにはシルヴィアもマーフィーもとうに病院に搬送されていた。オレゴン号はそのまま航行をつづけ、ダーウィンまで三〇〇海里以内に達すると、カブリーヨ、ジュリア、親友の状態を聞いてどうしてもいっしょに行くといい張ったエリック・ストーンが乗るティルトローター機を、ゴメスが離船させた。一時間後にダーウィン国際空港に着陸し、カブリーヨがレンタカーのバンにジュリアとエリックを乗せて空港から出発した。ゴメスは給油のためにあとに残った。

「暑いクリスマスなんて、ぜったいになじめない」地元の銀行の広告がべたべたと描かれている市バスを追い越したときに、エリックがぼんやりといった。日中の太陽が照り付けていると三七、八度あるのに、橇《そり》に乗ったサンタクロースがローンを勧めている広告だった。しかし、夏の雨季には土砂降りの雨がしじゅう降るので、ユーカリやヤシの木の下の芝生は、青々としていた。

カブリーヨが気遣うような目をジュリアに向けると、ジュリアが無言でうなずいた。エリックは、病院に着いてなにを見ることになるか考えないように、わざと気を散らしているのだ。

「彼のためにできるだけのことをやるわ」ジュリアはいった。

「一時的なものかもしれない」エリックがいった。「クリスマスの朝には、立って歩けるようになるだろう」

「そうね」希望をこめて、ジュリアは答えた。しかし、元気のない表情から、そうはならないだろうと思っていることを、カブリーヨは察した。祭日がはじまるまで、あと三日しかない。

ジュリアが前もって電話で注文しておいたものを受け取るために医療用品店に寄ったときを除けば、そのあとはずっと三人とも黙っていた。注文品はマーフィーが使うモーター付き車椅子だった。ダーウィン国立病院からの報告によれば、マーフィーは指を一本動かせるので、ジョイスティックがあれば車椅子を運転できる。病院に行くあいだに、エリックが特製の装置を車椅子の肘掛に取り付けた。

病院に到着すると、オーストラリア軍の兵士多数と、政府のさまざまな部門の人間がいた。偽造のアメリカ政府職員のＩＤを使って、三人は病院にはいることができ、〈エンピリック〉の乗組員が患者として収容されている五階へ行った。

ジュリアが中央の受付へ行って告げた。「マーク・マーフィーに会いにきました」

当直の看護婦が鋭い視線でジュリアを見てから、カブリーヨとエリックに目を向けた。「面会は許可できないと思いますが」

コンピューターのスクリーンを見ていた医師が、目をあげた。三十代の引き締まった体つきの男で、黒い髪を短く刈っていた。

「レナード・サーマンです」医師がいった。「マーフィーさんの担当医です。ドクター・ハックスリーですね？」

ジュリアはうなずいた。「どうしてご存じなのですか？」

「おいでになるとわかっていました。一時間前に、政府から異例の連絡がありました。アメリカ国務省が、あなたとお仲間にあらゆる便宜を図るよう求めたようです。当院に運ばれた悲惨な事件の生存者のなかで、マーフィーさんと妹のチャァンさんだけがアメリカ人でしたから。こちらです。ついてきてください」

サーマンがジュリアの先に立って廊下を進み、カブリーヨとエリックがついていった。

「ドクター・サーマン」歩きながら、ジュリアがいった。「いまの容態は?」

「チャァンさんは、毒ガスかもしれないとわれわれが考えているものによる悪影響を受けていないようです。しかし、マーフィーさんは運ばれてきてからずっと変わっていません。悪化していないことは明るい一面ですが、首から下が完全に麻痺しています」

「どういう仕組みで麻痺が起きるのか、わかっていますか?」

「いまの段階では、わかっていません。患者はいずれも感覚を失っておらず、体の先端部で痛み、熱、冷たさを感じています。ほんとうに不思議なんです。家族が集まったときにボツリヌス菌に罹患《りかん》するという不幸な症例を除けば、人数の多い集団がこんなに早く麻痺状態になるのは、見たことがありません」

「クラーレの一種の可能性は?」ジュリアはきいた。「中米の先住民が、吹き矢に使う毒で、麻痺を起こします」

「そうではないと思います。患者をアセチルコリンエステラーゼ阻毒剤で治療しようとしましたが、効果がありませんでした。上位運動ニューロンと下位運動ニューロンが関係していることを、症状が示しています。脳性麻痺とギラン・バレー症候群が組み合わさったような感じです。機能診断MRIで調べると、ニューロンは活動を停止していますが、死んではいません」

「治療法は？」エリックがきいた。

「症状の原因を特定できれば、解毒剤を合成できるかもしれません」サーマンがいった。「しかし、それに何カ月あるいは何年もの研究が必要かもしれない。それが実現しなかったら、麻痺は恒久的になるかもしれません」

サーマンが病室の前で立ちどまり、おざなりにノックしてからはいった。マーフィーは、患者衣を着て、リクライニング式のベッドで上半身を起こしていた。若い女が、マーフィーの右手を握り、そばに腰かけていた。用心するような目つきで一行を見たが、急に表情が変わった。

「マークの友だちね」女がいい、すこし間を置いてからつづけた。「あなたたちの名前を彼がいっている。ファン……エリック……ドク・ハックスリーね」

マーフィーの指がモールス符号のリズムで彼女の掌《てのひら》を叩いていることに、カブリーヨは気づいた。

「きみはシルヴィアだね」カブリーヨはいった。

「来てくれてうれしいです。マークもそういってる」

「きみたちの状態は？」

「わたしは元気だし、マークも元気なつもり。動けないのでいらいらしているだけよ」

エリックが、ベッドのほうへ行った。「おい、相棒。会えてよかった」明るい気分にしようとした。

マーフィーがうめき、たてつづけに打ったモールス符号をシルヴィアが解読した。

「こういっている。〝フランケンシュタインの怪物……みたいな声しか出ないけど……似てないって……いってくれ〟」

エリックが笑みを浮かべた。「悪いけど、いつものきみと似てるっていうしかない。サプライズを持ってきたよ。しゃべれる。なんとか」

エリックは拡張現実眼鏡《オーグメンテッド・リアリティ・グラス》をかけて、モーター付き車椅子のほうへ行き、ビデオゲームをやっているような感じで、ジョイスティックをすばやく動かした。スティーヴン・ホーキングみたいなたどたどしいロボット調の声が聞こえた。「この操縦装置を改造して、車椅子を動かすのと、音声合成アプリを交互につかえるようにした。自分がタイプしている字を眼鏡で見られる」

「心配するな」今度は自分の声で、エリックがいった。「これはプログラミングされてる四百種類の声のひとつだ。なにが起きたか知ったときに、マックスとぼくがこしらえた。ミッキー・マウス、サミュエル・L・ジャクソン、マリリン・モンロー……はいっているどの声でもしゃべれる。だけど、ギルバート・ゴットフリード（声優・俳優・コメディアン。ディズニー・アニメのオウム〝イアーゴ〟役など）とキム・カーダシアン（自分の私生活をリアリティ番組にしたモデル、女優）の声だけははずした」

「わーお。すごいわ、エリック」シルヴィアがいった。「試してみたいって、マークがいってる」

サーマン医師が、看護師を呼んでマークを車椅子に座らせるよう指示した。そのあいだにカブリーヨはサーマンとジュリアを廊下に連れ出した。

「ふたりを連れていきます」カブリーヨはいった。「シルヴィアは怪我がないようだし、ドクター・ハックスリーのところには、マーフィーを手当てできる装備や資源があります」

サーマンが、渋い顔をした。「ふたりともきのう運ばれてきたばかりだ。ああいう状態のマーフィーさんを病院から連れ出すのには、あまり賛成できない」

「感染症ではないから、周囲の人間に危険が及ぶことはありません」ジュリアはいった。「マーフィーの病状が悪化すると考えられる理由がありますか？」

「どういうことが彼の体に起きているのか、まったくわかっていない」

「わたしの病院にできないような治療が、ここでできますか？」

「できないと思う」

「では、わたしに任せてください」ジュリアがいった。「あらゆる便宜を図るとおっしゃいましたよ」

「国務省に連絡して、転院を承認してもらいます」カブリーヨはいった。ラングストン・オーヴァーホルトを通じて手をまわすということだった。

「いいでしょう」サーマンがいった。「しかし、病状に変化が起きるか、効果的な治療法が見つかるというような進捗《しんちょく》があったときには、教えてもらえるとありがたい。こちらもおなじようにする」

「もちろんそうします」ジュリアは答え、電話番号を教え合った。

車椅子に座ったマーフィーが、病室から出てきて、三六〇度まわしてみせた。エリックとシルヴィアがすぐうしろにつづいた。マーフィーが車椅子をとめて、精いっぱい顔を動かして笑みを浮かべた。特殊な眼鏡をかけているせいで、目がギラギラ光っているように見えた。

「使いかたをあっというまに憶えたみたいね」シルヴィアがいった。

マーフィーが車椅子をまわし、シルヴィアのほうを向いた。合成の声が聞こえたが、こんどはジェイムズ・アール・ジョーンズ（ダース・ベイダーの声優として知られている）に似た命令口調のバスだった。「おまえの不忠は不愉快である。さあ、われらが出発して、この椅子から余が解放される方法を見つける前に、余の服を取ってきてくれないか」

23

カブリーヨが自分と兄のマークを病院からあっというまに連れ出したことに、シルヴィアはびっくりした。面倒な手続きを踏まなければならないと思っていたのに、一時間もたたないうちに、ダーウィン空港でかっこいいティルトローター機に乗り込んでいた。

「どこへ行くんですか？」シルヴィアはカブリーヨにきいた。

「オレゴン号に行く」カブリーヨはそういって、副操縦士席についた。

「ぼくらの船だよ」全員が座席ベルトを締めているときに、エリックがいった。「ぼくたちの家で作戦基地だ。オーヴァーホルトさんが、あなたは最高度の保全適格性認定資格《セキュリティ・クリアランス》を持ってるっていってたから、着いたら案内していいって、会長がいってる」

「どうして保全適格性認定資格《セキュリティ・クリアランス》が関係あるのよ？」シルヴィアはきいた。

エリックはにやりと笑った。「行けばわかるよ」

「早く見たくてたまらない」マーフィーがいった。コンピューター合成の声は、本人の肉声に近くなっていた。いくらマーフィーでも、ずっとダース・ベイダーの声でしゃべるのにはうんざりしていたのだ。

離陸すると、カブリーヨがメインキャビンの一行のそばに来た。フライトのあいだに、トリマランによる攻撃の詳細をシルヴィアが説明した。マーフィーが促したので、実験の目的と〈ナマカ〉を沈没させたプラズマ・キャノンの特徴も教えた。

シルヴィアが話を終えると、カブリーヨはいった。「そのトリマランは、オーストラリア海軍も含めたこの地域の多数の海軍が使用している哨戒艇《しょうかいてい》などの艦艇の設計に似ているようだ。高速で、沿岸域でも遠洋でも水上作戦に使用でき、航続距離が長い。どこの国の船であってもおかしくない。しかし、プラズマ兵器のように先進的なものを、テロ組織が保有しているとは思えない」

「中国政府の船かもしれない」シルヴィアはいった。「トリマランの乗組員の何人かが、中国語でしゃべるのを聞いた」

「それに、オーストラリアなまりの英語を話す男女がいたそうだね。もう一度会ったら、識別できるかな？」

「もちろんできる」ふたりの顔はシルヴィアの記憶に灼き付いていた。事件のあらゆることも含めて。

「エリック、あとでケヴィン・ニクソンのところへ彼女を連れていってくれ。ケヴィンが人相書《にんそうがき》を描いてくれるだろう」カブリーヨは、シルヴィアに向かっていった。

「トリマラン捜索を絞り込むのに役立つようなことを、ほかにも憶えているかな?」

シルヴィアがうなずいた。「重要かどうかわからないけど、積んである金属製容器にロゴがあった。星形の爆発の模様に、AとBを重ねたロゴだった」

「社名などは?」

シルヴィアは首をふった。

「わかった。それもケヴィンに描いてもらおう。トリマランとそいつらが使用した化学兵器を突き止めるのが、解毒剤を見つける唯一の方法だ」

端が上に跳ねている口髭を生やした美男子の機長が告げた。「会長、オレゴン号に接近しています」

カブリーヨは、コクピットに戻り、うしろに向かって大声でいった。「マーフィーが見られるように、そばを一周する」

シルヴィアは、マーフィーのそばの窓へ行って、表を見た。沈みかけている太陽と広い海のほかには、なにも見えなかった。

「あれだ」マーフィーがいった。「すごいぞ」

眼下の海に、ありふれた外見の貨物船が現われた。シルヴィアはからかわれているのかと思った。「あれ？」

「外見に騙されちゃいけない」マーフィーが、船から目を離さずにいった。

ティルトローター機が船の中央のヘリコプター甲板に着船し、そのまま船内におりていったので、シルヴィアはまたしてもびっくりした。

カブリーヨがドアをあけていった。「わたしはオプ・センターへ行く。エリック、ケヴィンが即動可能情報《アクショナブル・インフォ》を得たら、知らせてくれ」そういうと、離れていった。

「わたしはマーフィーを医務室に連れていって、診断するわ」ジュリアがいった。

「だいじょうぶ？」シルヴィアが、マーフィーの手を握ってきいた。

「心配しないで」マーフィーがいった。「ここには最高の海上医療施設があるんだ」

シルヴィアは、兄から目を離さなければならないのが不安だったが、優秀な医師の手に委《ゆだ》ねられたのだということはわかっていた。

「行くよ」エリックがいった。「マジック・ショップに案内する。そのあとで船室を用意してあげるよ」

エリックはシルヴィアを通路に連れていって、トラムに乗った。シルヴィアはまたしてもこの船のテクノロジーに驚いた。トラムは船尾に向けて走っていった。

「マジック・ショップってなに？」シルヴィアはきいた。

「IDを偽造したり、メイキャップしたり、鬘《かつら》や小道具を用意したりするところだよ。ぼくたちの作戦に必要なそのほかの偽装や小道具もこしらえる。そこを運営してるケヴィン・ニクソンは、アカデミー賞を受賞したことがあるハリウッドの特殊効果専門家兼メイキャップ・アーチストだったんだ」

「あなたたちの作戦というのは？」

「アメリカ政府にできない困難な仕事に取り組むことさ。公《おおやけ》にしたくない秘密の仕事だよ。いってみれば、ぼくたちは最後の手段だ。ぼくたちにできなければ、十中八九だれにもやることができない」

「それじゃ、スパイなのね。わかっていたわ。兄はスパイなのね」

エリックは肩をすくめた。「どっちかというと特殊部隊員かな」

「どう呼んでもいいけど、マークがこんなすばらしいところで、こんなに優秀なひとたちといっしょに働いているなんて、夢にも思わなかった」

「やっとマーフィーの妹に会えてうれしいよ。いろいろ話を聞かされていたからね」

「わたし、あなたの期待どおりだった？」

「どんぴしゃだよ」

ふたりの目が一瞬からみ合い、エリックがロイド眼鏡のぐあいを直して、顔を赤らめ、そっぽを向いた。不器用でかわいげのある親友をどうしてこれまで紹介してくれなかったのか、あとでマークを問い詰めなければならないと、シルヴィアは思った。

トラムが停止し、エリックが先に立って、貨物船ではなく豪華ヨットにふさわしいような高級なカーペットが敷かれた廊下を進んでいった。やがて、多種多様な衣服のラック、保存容器、小道具でいっぱいの棚、仕立てのさまざまな段階の軍服を着せたマネキン人形数体などが置いてある広い部屋にはいった。壁の鏡に向けて回転椅子が四脚並んでいた。

濃い茶色の顎鬚を生やした痩せた男が、カウンターに立てかけた義肢をいじくっていた。ぺろぺろキャンディーをくわえて作業に没頭していたので、ふたりがはいってきたのに気づかなかった。

「ケヴィン」エリックがいった。「会長に、ここに来るようにいわれたんだ」

ケヴィンがさっとふりむき、義肢を倒しそうになった。

「ああ驚いた」胸を押さえて、ケヴィンがいった。「あんたたちはなんだ？　ニンジャか？」

「ケヴィン・ニクソン、こちらはシルヴィア・チャァン、マーフィーの妹だ」

「ああ、そうだった、エリック。あんたたちが来るって、会長にいわれてた」ケヴィンは、シルヴィアのほうを向いた。「マーフィーが早くよくなるといいね」

「ありがとう。それでここに来たの。あまり忙しくなければいいんだけど」

「いや、会長の戦闘用義肢をすこし調整していただけだ」

「会長はずっと前に、ほんものの脚を海戦でなくしたんだ」エリックが説明した。

シルヴィアがこれまで見たどんな義肢よりも先進的に見えたが、それについてきく前に、ケヴィンが義肢をどかしていった。「どんなご用かな?」

トリマランに乗っているのを見た男女の人相書と、容器のロゴを描いてほしいと、シルヴィアは頼んだ。

「まずロゴからやろう。顔よりも簡単だからね」ケヴィンがノートパソコンを出して、お絵描きアプリを立ちあげた。「どんなふうだった?」

シルヴィアが説明し、ふたりであれこれ工夫して、記憶にあるAとBのロゴとまったくおなじものが再現された。それを見て、シルヴィアは背すじが冷たくなった。

「これをあんたに送るから、リバース検索（画像で画像を検索すること）にかけてくれ」ケヴィンが、エリックにいった。

エリックがスマートフォンで検索しているあいだに、ケヴィンとシルヴィアは、オーストラリア人ふたりの人相書に取りかかった。シルヴィアは人相を詳しく話し、ケヴィンがそれをアプリに入力した。三十分とたたないうちに、兄を傷つけ、乗組員を殺した男と女の顔を異様なくらい複製したものができあがった。

「このふたりよ」シルヴィアはいった。

「CIAのデータベースに一致する顔があるかどうか、調べられる」ケヴィンがいった。「わたしが描いたものが似ていて、データベースにあるようなら、見つかるはずだ」

「ロゴは見つけたよ」エリックが、スマートフォンから顔をあげていった。「とにかく、三つの候補に絞り込めた」

エリックが、それをシルヴィアに見せた。三つは似ていたが、シルヴィアはすぐさままんなかのロゴに注目した。

「これよ」

「アロイ・ボーキサイトという社名だ」エリックはいった。「会社の沿革によれば、アルミナを精錬してる」

「それが〈ナマカ〉と〈エンピリック〉への攻撃と、どう結びついているのかしら？」シルヴィアが疑問を投げた。

「わからない。でも、それを突き止めるのに、そんなに遠くまで行く必要はない。その会社はノーザン・テリトリーの小さな町だけで操業してる。ヌランベイという町だ。あすの朝までにそこへ行ける」

24

オーストラリア、ポート・クック

暑い午後のあいだ電柱に登って、焼き切れたトランスを交換していた電気工事士のポール・ウィートリーは、気に入っているパブでよく冷えたビールをごくごく飲むのを楽しみにしていた。ただひとつの問題は、頭のいかれた相棒もたぶんいっしょに飲むだろうということだった。

「あんた、いいことを教えてやろう」点検整備用トラックの助手席から、ハリー・ノールがいった。「あそこはエイリアンがいるんだぜ」

「馬鹿をいうな」

「それじゃ、どうしてこんなど田舎にあれを建設するんだ？」

ウィートリーは、あきれて目を剝いた。この話はノールと百回くらいくりかえしている。ふたりが修理したトランスの近くに、クイーンズランド最北部のオースト《A》ラ《A》リア空《F》軍タルボット基地がある。タルボットは最新の〝裸基地〟だった。ケープ・ヨーク半島の西岸にあり、本格的に使用されるのは、他の基地を本拠にしている訓練飛行隊が来るときだけで、年に数回しかない。タルボットには最低限必要な人数の四人が配置され、何者かがオーストラリアに侵攻しようとしたときには、予備の基地の役目を果たすことになっていた。ノールが固執している妄想を急に捨てることがありえないのとおなじように、そういう事態は起こりそうにないと、ウィートリーは思っていた。

「去年、桟橋とのあいだをトラックが何台も行き来した」ウィートリーが答えなかったので、ノールはしゃべりつづけた。「飛行機も行き来してた。なにを積んでたのか、おれたちは見てない」

「事情は説明されたじゃないか」ウィートリーはいった。「一時的に移民収容所に使うということだった。何棟か建設してた」

「政府はおれたちにそう思い込ませようとしてるんだ。でも、軍はなんでも好きなことをやれるぜ。ダーウィンの西で発見された調査船のこと、聞いただろ? 海軍の秘密実験で、科学者たちがみんな植物人間になっちまったんだぞ」

「体が麻痺してるって、ニュースではいってた」

「おなじようなもんだ。科学者のチームが基地にいて、地球のものじゃない恐ろしいテクノロジーをいじくってるって、考えられないか？」

「いや。基地では、四人の男が退屈で頭がいかれそうになってて、おもしろいことが起きないかと思ってるにちがいない。それに、ポート・クックには五、六百人しか住んでない。田舎の噂好きな連中に秘密を隠しておくなんて無理だ」

ふたりのトラックが町に着く寸前に、雷鳴のような音が大気を切り裂いた。

「どこから聞こえてくるんだろう？」ノールが不思議そうにいった。「空には雲ひとつない」

バックミラーになにかが映り、ウィートリーの目を惹いた。三キロメートル後方の空軍基地から、濃い黒煙が空に向けて上昇していた。

「タルボットで爆発が起きたんだ。消防署に行かないといけない」ウィートリーはアクセルを踏みつけた。ウィートリーとノールは、志願制消防団の団員だった。

ノールが体をひねり、口をぽかんとあけて煙の柱を見た。「エイリアンのテクノロジーにちがいない。いまこそ見られるかもしれない」

「馬鹿なことをいうな。弾薬庫が爆発したにちがいない」

ウィートリーは、運転をつづけながら、うしろの火災をバックミラーで見ていた。なにが原因で起きたのかはわからないが、海から吹く軽風が炎を煽るにちがいない。

そのとき、火災の方角からなにかべつのもの――まぶしい光が、こちらに向けてのびてくるのが見えた。

「あれはなんだ?」ウィートリーはいった。

ノールが、体をひねってうしろを見た。「ミサイルみたいだ。弾薬庫が燃えあがったときに、引火したんだろう」

車がポート・クックの町はずれに達したときに、ミサイルが頭上を飛んでいった。ウィートリーが首をのばしてフロントウィンドウから覗くと、ミサイルが針路を変え、地面に向けて降下していった。

ポート・クックの一五〇メートル上空で、ミサイルが起爆し、白い霧がぱっとひろがったと思うと、すぐに消えた。

「運がよかった」ノールがいった。「町のどまんなかに落ちそうだった」

町の境界線になっている橋を渡るとき、メインストリートに町の住民が何人か出て、遠い黒煙を眺めているのをウィートリーは見た。なんの前触れもなく、彼らがぐったりとして、地面に倒れた。

「どうなってる……」

ウィートリーはそういったとたんに、意識を失った。

目が醒めて最初に気づいたのは、どす黒い水の臭気だった。両脚と鼻が痛かった。タルボット基地で事故があったことを、ぼんやりと思い出した。最後の記憶は、ミサイルが自分たちめがけて飛んできたことだった。そのあと、真っ暗になった。

目をあけると、フロントウィンドウにひびがはいり、ボンネットがへし曲がっていた。それに、車体が傾いていた。正面に川岸があった。橋から川に落ちたようだが、なにがあったのか、まったく憶えていなかった。

ウィートリーは苦労して首をまわしたが、両脚は動かず、両腕はばたばたふることしかできなかった。ノールが下にいて、川のなかに沈みかけていた。

ウィートリーはしゃべろうとしたが、かすれた声と、言葉にならないうめき声しか出なかった。ノールが怯えて哀れっぽい声を出した。トラックが川の泥に沈むにつれて、水面がじわじわとあがってきたが、ノールも動けないようだった。

ウィートリーはじたばた動いてシートベルトをはずそうとしたが、やめたほうがいいと気づいた。シートベルトがなかったら、ノールの横に落ちて川に浸かってしまう。

無力感がいっそう恐怖を煽った。川の水がノールの首に近づくのを見ていることしかできない。町からだれかが助けにきてくれないかぎり、自分もノールとおなじ運命をたどることになる。

ふたりはそういう状態で、長いあいだじっとしていた。果てしない時間が過ぎたように思えたが、ほんの数分だったかもしれない。しばらくは水のゴボゴボという音しか聞こえなかったが、やがてブレーキが鳴る音が空気を切り裂いた。

水面はノールの口に達していた。ウィートリーは必死で叫ぼうとしたが、傷ついた動物のような悲鳴しか出なかった。

「あれはなんだ、ウィルソン？」上から男の声が聞こえた。タルボットに配置されている若い空軍兵士のひとり、サム・カーターだと、ウィートリーは気づいた。もうひとりは相棒のトッド・ウィルソンにちがいない。

「トラックが橋から落ちたみたいだ」ウィルソンがいった。「なかにふたりいる」

「だれだ？」

「ウィートリーとノールだ」川岸をおりながら、ウィルソンが呼んだ。「おい、怪我してるのか？」

ウィートリーとノールがうめき声で答えた。

「来てくれ、カーター」ウィルソンがいった。「ふたりが溺《おぼ》れる前に引き揚げるのを手伝ってくれ」

ウィルソンが、運転席側のドアをあけた。シートベルトをはずされるあいだ、両肩をつかまれるのをウィートリーは感じた。助けられたことにほっとして、頭が真っ白になった。

ウィルソンとカーターがうめきながら力を込め、ウィートリーを道路に運びあげた。

「消防署に通報したのに、だれも電話に出ないのはどういうわけだ？」ウィルソンがいった。

「このふたりを助けていたからじゃないことはたしかだ」

ふたりはウィートリーを自分たちの高機動多目的装輪車《ハンヴィー》のそばの暖かい草地に乱暴に横たえて、ノールを助けにいった。

川岸をおりていくときに、ウィルソンがいった。「まったく変な日だぜ。最初は補給処からなんの原因もないのに煙が噴き出し、それから川に落ちてるこのふたりを見つけた」

ふたりが川に行って見えなくなり、ウィートリーは穏やかな海を眺めることしかできなかった。ノールをどうやってトラックから引き出すかについて、しばらく話し合っているのが聞こえた。うまくいったのかどうか、ウィートリーにはわからなかったが、やがてふたりがノールを土手の上に運びあげるのが見えた。ふたりがノールをウィートリーのそばに横たえた。ノールはずぶ濡れだったが、呼吸していた。死にかけたせいで、目が血走っている。

「どうしてふたりとも口がきけないんだ？」カーターがきいた。

「わからない」ウィルソンがいった。「脳震盪《のうしんとう》かもしれない」

ウィルソンが膝をついて、怪我があるかどうかを調べるあいだに、カーターが携帯電話を出した。

「まだだれも出ない」しばらくして、カーターがいった。町のほうを見た。「ひょっとして、みんな……」声がとぎれた。「まさかそんな」

「なんだ？」ウィルソンが、顔を起こさずにきいた。

「壊れた橋の欄干《らんかん》に気を取られてて、あっちを見なかった」

「なにをだ？」

「死体だ。いたるところに転がってる」

ウィルソンがさっと首をめぐらして、立ちあがった。一瞬、口をぽかんとあけて見てから、カーターに向かってどなった。

「キャンベラに連絡する。司令部にここで重大事故が起きたことを報せる」ウィルソンは、ウィートリーとノールのそばに戻った。「心配するな、あんたたち。すぐに戻ってくる」

ウィートリーは反対しようとして、両腕でぎこちなく体を持ちあげたが、うめき声ではパニックを起こした空軍兵士ふたりをとめることができなかった。ウィルソンとカーターは、ハンヴィーに跳び乗り、猛スピードで走り去った。

その小さな動きで疲れ果てたウィートリーは、また横になって、ふたりが戻ってくるのを待った。苦しい状態から気をまぎらすために、奇妙な形のトリマランがポート・クックの近くをかなりの速さで通過し、突然、沖に針路を変えるのを眺めた。

25

ヌランベイ

バート・ガルマンは、ノーザン・テリトリーの小さな鉱山町の港長だったが、船舶の検査はいつも厳密に行なっていた。異動になって、メルボルンの巨大な港でもっと高い地位を得たいと思っていたからだ。係留された貨物船ノレゴ号の船長は、ジョン・ケーブルという健康な感じのアメリカ人で、ブリッジの最新型機器のテクノロジーを見せて感心させようとしたが、ガルマンはそんなものは珍しくないという顔をした。

「制御盤は機能しているようだ」ガルマンはクリップボードに挟んだ書類の項目にチェックマークを付けながらいった。たしかに、輝かしいハイテク機器ばかりだった。場ちがいなのは、古ぼけた真鍮《しんちゅう》のコーヒーメーカーだけだった。奥の隔壁に取り付けられ、誘惑するようにいい香りを漂わせている。

「すべて最新のソフトウェアです」ケーブルが得意げにいった。「船のすべての装備をここから制御できます。航法も消火も貨物の積み替えも。食事をする必要がなかったら、たぶんわたしひとりで操船できますよ」

ケーブルが豪快な笑い声をあげたが、ガルマンは笑わなかった。

「ここを終えたら、機関室と、それから船艙を見る必要があります」

「当然ですね。よろこんでお目にかけますが、このモニターでも見られますよ」

ケーブルがボタンを押して、高解像度のディスプレイの一台を指差した。巨大なタービン機関二基がある、塵《ちり》ひとつ落ちていない機関室の各部分の画像が表示された。一カ所の計器盤を確認している乗組員が、ひとりいるだけだった。

「機関長のマイケル・ウォンです」ケーブルがいった。「彼はあらゆる乗り物が大好きなんです。きょうの午後に入港したときに見たホヴァークラフトに、ことに夢中になっていますよ。このあたりで見るのは、めったにないことですね」エプロンにとまっている巨大なホヴァークラフトを指差した。近くの倉庫からトラックが続々と乗り込んでいた。

「あれは〈マーシュ・フライヤー〉です」チェックリストの項目を確認しながら、ガルマンがいった。「アロイ・ボーキサイトが、工場と往復するために購入したんです」

「マイケルがちょっと見られないかどうか、操縦士にきいてみたいですね」

「だめでしょう。ボブ・パーソンズは愛想のいい男だが、雇い主には逆らえない。AB社は機密情報を厳重に守ろうとしていますからね」

「残念ですね。マイケルはずっとその話ばかりしているんですよ」

「あなたの機関長も、話ぐらいは聞けるかもしれない。ボブは非番のときはいつも〈レイジー・ゴアンナ〉にいます」

「怠け者のオオトカゲ《レイジー・ゴアンナ》？」

「地元の酒場ですよ。ボブに一杯おごればいいだけです」

「ありがとう」ケーブルがいった。「ここにいるあいだに、マイケルはそうするかもしれない。飲み物の話がでましたが、検査をつづける前にコーヒーはいかがですか？ベトナムコーヒーのスペシャルブレンドです。お勧めですよ」

「いいですね」

ケーブルが、ボール紙のカップに注いで、ガルマンに渡した。「気をつけてください。熱いので」制御盤のそばのカップホルダーを指差した。「なんならあれに入れて冷ましたらどうですか」

「恐れ入ります」ガルマンがカップを持って、ひと口飲もうとしたとき、手にしたカップが熱くなった。ケーブルがいうとおり、かなり熱いようだ。ガルマンは火傷をしないように、カップを置こうとした。

あわててカップホルダーのほうへ行き、カップを入れようとしたとき、急に筋肉が痙攣したのか、カップが手から飛び出した。

カップが制御盤に落ちて、湯気をあげるコーヒーが計器の上にひろがるのを、ガルマンは恐怖にかられて見ていた。

けたたましい警報が鳴り、いくつものスクリーンでライトが点滅した。

ケーブルが走ってきて、髪をかきむしった。

「なにをやったんだ?」ケーブルが叫んだ。「まずい。消火システムが作動した」タッチスクリーンのひとつを必死で叩いた。

「すみません」ガルマンはつぶやいた。「なにが起きたのか、わからない」

ケーブルが落ち着いて、なんでもないというように手をふった。「事故です。心配しないで」

「でも――」

スクリーンに映っていた男の声に遮《さえぎ》られた。消火剤にまみれ、機関制御室で怒って手をふりまわしている。

「そっちはどうなってるんだ?」その男が語気荒くいった。機関長のマイケル・ウォンだった。「おれの機関室が泡だらけだ。片付けるのに二時間かかる」

機関室の映像に切り替わると、塵ひとつなかった機関室が消火剤の泡に覆われているのが見えて、ガルマンは胃が重くなった。

「ちょっとした故障だ」ケーブルがそういって、ガルマンにウィンクした。「ソフトウェアの不具合だろう」

「不具合だと。どこの間抜けがミスしたのか、突き止める。そいつが海の仕事を二度とできないようにしてやる」

ウォンが憤然と離れていくと、ケーブルはモニターを切った。

「な……なにが起きたのか、わたしにはわからない」ガルマンはいった。「コーヒーを置いたときに、足を滑らせたにちがいない」

「でしょうね」ケーブルが、びっくりするくらい同情的な口調でいった。「まあ、あなたは真人間《ま》のようだし、海の業界であなたが笑い者になるのをわたしは望んでいません。経歴に汚点がついてはいけない。わたしたちのあいだで解決しましょう。深刻な被害はなかったと思いますよ。ノレゴ号がきちんと整頓されていることを、よくわかっていただけたと思います」くすりと笑った。「消火システムもきちんと作動しましたからね。これで検査を切りあげて、すべてなかったことにしませんか？」

ガルマンが、勢いよくうなずいた。「ご親切に感謝します、船長。これ以上見る必要はないでしょう。すべて正常に機能しています。あらためてお詫《わ》びします」

ガルマンが必要な書類にすばやく署名して、みぞおちにしこりができているのを感じながら、そそくさと船をおりた。ノレゴ号の船長が事故を内密にしてくれることを願っていた。屈辱的な失敗のことを知られたら、メルボルンで重要な職務につく見込みはなくなる。

「うまくいった」港長が船側梯子を小走りにおりていくのを見ながら、カブリーヨはいった。「もう出てきていいぞ」

エディーが、泡まみれの服から着替え、髪についた消火剤を片手のタオルで拭き、もういっぽうの手にタブレットを持って、となりの船室からはいってきた。

「港長はカメラに写っていたみたいに、ほんとうに真っ赤な顔をしていたんですか？」エディーがきいた。

「目の前でトマトになるんじゃないかと思ったよ」

「わたしたちの策略がうまくいくことが裏付けられましたね」

検査がぞんざいな港や、係官が低収入で腐敗している港にはいるときには、買収して検査を省略させるか、船内を胸が悪くなるような状態にして早く下船させることができる。しかし、基準が厳しく、港長が高給をとっていて規律を守っているような港では、その手は使えない。

新オレゴン号は、高度なテクノロジーを備えた真新しい船に見せかけて、前のオレゴン号ではぜったいに入港できないような港を訪れることができる。したがって、隠蔽されている秘密が暴かれそうな厳しい検査を潜り抜けるために、検査の途中で係官を下船させる新しい策略を編み出さなければならなかった。

オレゴン号はじっさいにはオプ・センターから操船しているので、機能していないブリッジは、壊れかけているような状態にするか、それともきょうのように造船所から出たばかりのように真新しく見せかける。ガルマンが失敗を犯して検査の途中で下船するように仕向けたプロセスは、いくつかの段階から成っている。

偽の機関室が消火剤まみれになる動画は、数週間前に映画のセットで撮影された。生映像は、泡にまみれた服を着たエディーの動画だけだ。コーヒーをこぼすカップは、ケヴィン・ニクソンがこしらえた。ガルマンが置かざるをえないように加熱装置が仕込まれているうえに、制御盤に近づけると小さなネオジム磁石のせいでひっくりかえる。そのあとの芝居は、カブリーヨが即興で演じた。

「ポート・クックの事件について、新情報はあるか？」カブリーヨはエディーにきいた。〈エンピリック〉で起きたのと似ている疑わしい状況について、情報がすこしずつ漏れていた。

「オーストラリア軍がけさチームを空路で派遣しました」エディーがいった。「最新情報では、死傷者は五百八十四人です。そのうち十七人が死亡、あとはマーフィーとおなじように体が麻痺しています」

「影響を受けなかったものは？」

「空軍兵士四人だけです。近くの基地に配置されている必要最小限の人員です。基地に極秘の補給処があり、そこで火災が起きてガスが漏れたと、インターネットで噂がひろがっています。ポート・クックと〈エンピリック〉の事件は、いずれもオーストラリア軍に責任があると、オーストラリアの国民の多くが思い込んでいます」

「あるいは、そう思い込むように仕向けられた。オーストラリア軍が似たような〝事故〟二件にかかわりがあるとは思えない。これらの事件は、数日のあいだに、一〇〇〇海里も離れたところで起きている。そして、ポート・クックと空軍基地も、海沿いにある」

「シルヴィア・チャァンが説明したような攻撃だったと思っているんですね？」エディーはきいた。

「そうかもしれない。だが、二件を結びつけるたしかな証拠がない。エリックとマーフィーは、シルヴィアが見た謎の男女の顔認証に取り組んでいる。われわれが得た唯一の手がかりは、アロイ・ボーキサイトのロゴが描かれた容器だが、それだけではつかみどころがない。アロイ・ボーキサイトの工場の衛星画像は手に入れられたか？」

「これにあります」エディーが、タブレットを叩いた。「しかし、そこまで行くのは容易ではないでしょうね」

数日前のその画像には、泥沼が点在する広大なグリーンの土地の中央にある大きな長方形の建物が写っていた。付属する別館があり、精錬工場ではなく倉庫のように見える。〈マーシュ・フライヤー〉がその横にとまっていて、数台の車両が近くに散らばっていた。エディーが画像を拡大すると、湾とのあいだをホヴァークラフトが行き来するために樹木を切り倒した航路があるだけで、あとは何キロメートルにもわたり沼地がひろがっていた。

「空からは行けない」カブリーヨはいった。「ティルトローター機は音が大きい。ボートで行けるか？」

「途中までは」エディーが答えた。「あとはこの沼地を長距離、必死で渉《わた》っていくしかない。ヘビやワニがうようよいますよ。隠密脱出も難しいでしょうね。この小さい車両のようなものも、ホヴァークラフトでしょう」

外縁部をパトロールしている警備員もいるはずです。

「ここがガス攻撃に関係しているとしたら、警備員が武装していると想定しなければならない」カブリーヨはいった。「それに、この建物がなんであるにせよ、アルミナ精錬所のようには見えない。だから、ほんとうはなにをやっているのか、突き止める必要がある」

「忍び込む前に、直接の情報をいくつか手に入れると役に立つでしょうね」エディーがいった。

カブリーヨは、トラックが続々と積み込まれている巨大なホヴァークラフトを見た。

「〈マーシュ・フライヤー〉の操縦士と話をする時間だな」

26

カブリーヨは、マックスといっしょに〈レイジー・ゴアンナ〉にはいっていった。暗がりに目が慣れるまで何秒かかかった。その店は通りの先にある高級なバー＆グリルとはちがって、客が酒で悲しみを紛らしたり、一日生き抜いたことに祝杯をあげたりするための安酒場だった。悪趣味な看板や装飾品が壁に釘で危なっかしく打ち付けてあり、バーカウンターの奥の鏡の前には、〈フォスター・ビール〉のロゴの大きなネオンがあるが、文字の半分が焼き切れていた。ビールと汗と男性ホルモンのにおいが店内にこもっていた。

食事時だったので、ボーキサイト会社の従業員、機械工、漁師その他の労働者たちで店内は混みあっていた。場ちがいの集団はひと組だけで、二十代の若者四人がテーブルを囲んで、奇声を発しながらショット（後出の〈イエイガーボム〉をこう呼ぶことがある）を飲んでいた。大声で仲間を嘲るたびに、アメリカ英語が聞こえるので、観光客だとわかる。

「『クロコダイル・ダンディー』のアイデアはここで浮かんだんじゃないか?」マックスがいった。

「撮影に使ったかもしれないぞ」目が慣れて見えるようになると、あたりを眺めてカブリーヨはいった。

「パーソンズの姿が見えないが」

「そうだな。しかし、港長はやつがまちがいなくここにいるといっていた」

「待っているあいだに一杯やったほうがよさそうだ」マックスがいった。

ふたりはバーカウンターの端のスツールに座った。店にいる女性は、ぴっちりしたタンクトップを着たブロンドの美人バーテンダーだけだった。

「あんたたち、なに飲む?」バーテンダーが、鼻声で陽気にきいた。

「〈ヴィクトリア・ビターズ〉をふたり分」カブリーヨはいった。

「わかった」

タップから彼女が注いでいるとき、アメリカ人観光客のひとりが、よろめきながらカウンターに来た。

「おれと仲間の四人分、〈イェイガーボム〉(エナジードリンクにリキュールの〈イェイガーマイスター〉をショットグラスごと入れる飲み物)のお替り」オーストラリアなまりをまねて、その若者がいった。

「あんたたち、車でどこかへ行くんじゃないよね？」バーテンダーがきいた。

若者が、彼女のほうに身を乗り出した。「どうして？　いっしょに来たいのか？」

「やなこった」

「おいおい。おれたちはあした、私有の牧場でハンティングをやるんだ。おれのクリスマスプレゼントさ。イノシシ、水牛、ラクダもいるかもしれない」若者が手をのばして、バーテンダーの腕をつかんだ。「あんたがいたほうが楽しそうだ」

カブリーヨが、やめろといおうとしたとき、太い指がアメリカ人の肩を叩いた。

「あんた、そのレディから手を放したほうがいい」砂利のなかでなにかをひきずっているような感じのオーストラリアなまりでいった。「いますぐに」

その男は四十代で、身長が一八〇センチを超え、筋肉が盛りあがっている腕をタトゥーが袖《そで》のように覆い、クルーカットの髪は白髪交じりだった。額《ひたい》に皺《しわ》があるので、軍の記録の写真よりもすこし老けて見えるが、まちがいなくボブ・パーソンズだった。

アメリカ人が腕を放すと、女性バーテンダーがいった。「ほっときなよ、ボブ。もっとひどいやつをさばいたこともある」

「聞いたか、ボブ」呂律がまわらない口で、アメリカ人がいった。「おれに手出しするな」

「手を貸さなくても平気だっていうのはわかってる、ミンディー」パーソンズがいいながら、カブリーヨとひとつ離れたスツールに腰かけた。「ただ、あんたが無作法なことをされるのを見たくなかったのさ。おれが便所《ダニー》から帰ってきたときに、でかい口を叩くこいつらが失せてればいいんだがな。パパに金を出してもらって贅沢なバケーションに行くっていう自慢話を聞かされるのはうんざりだからな」ミンディーが渡した瓶から、パーソンズはビールをごくごく飲んだ。

マックスがカブリーヨのほうに顔を近づけていった。「もうこいつが好きになってきたぜ」

アメリカ人の若者は、仲間のほうをちらりと見てから、パーソンズに向かってどなった。

「殴られたいのか、じいさん？」

「教えてやれよ、ソーヤー」仲間のひとりが叫んだ。

パーソンズが、ソーヤーににやにや笑いを向けた。「どうしておまえに殴らせなきゃならないんだ？」

「よし、タフガイ。表に出て、おれがおまえを殴り倒したあと、だれが笑ってるか、見届けようじゃないか」

喧嘩を売っているのを聞いて、あとのアメリカ人三人が立ちあがった。

「いいだろう」パーソンズがいった。「おまえは表に出て、おれがビールを飲み終えるあいだ、ぶっ倒れる練習をしてろ」

ソーヤーが仲間のアメリカ人のほうを見た。オーストラリア人を殴り倒すのを許可するとでもいうように、三人ともうなずいた。いっぽう、パーソンズは、正面を見据えたまま、ビールを飲んでいた。

意地悪そうに歯を剝き出して笑ったソーヤーが、パーソンズの頭に不意打ちのパンチを食らわそうとして、体をうしろにそらした。だが、パーソンズが前かがみになってよけたので、拳が空《くう》を切った。カウンターの奥に鏡があるので、右クロスが来るのをパーソンズは予測していた。

ひとつの動きで、パーソンズはスツールからおりて、ソーヤーの後頭部をつかんだ。パーソンズがソーヤーの顔をカウンターに叩きつけると、あとの三人が跳びかかろうとした。

すばらしい速度、正確さ、力で、パーソンズがビール瓶をふり、先頭の男の頭に叩きつけ、ふたり目の股間を蹴り、三人目のキドニー（腎臓の上にあたる背中の急所）に肘を叩き込んだ。

三人ともそれぞれべつの傷ついた場所を押さえて倒れ込み、痛みのあまり情けない声を出した。

そのときにはソーヤーが回復して、床から割れた瓶の首を拾いあげ、短剣のように構えていた。パーソンズは三人に気をとられていて、ソーヤーが突進してくるのに気づかなかった。すでにスツールからおりていたカブリーヨは、ソーヤーの手首をつかみ、その両脚を片足ですくった。ソーヤーが仰向けになって勢いよく倒れた。パーソンズがふりむいたとき、カブリーヨはソーヤーが瓶の首を離すまで手首を曲げた。

「卑怯《ひきょう》なまねをするな」カブリーヨはソーヤーの手首を放し、瓶の首を遠くに蹴った。

あとの三人はよろよろと立ちあがっていたが、口先ばかりで根性がないのは明らかだった。もうすっかり戦う気を失っていた。三人はソーヤーを立たせ、運ぶようにして店を出ていった。

「どうもありがとう」パーソンズがいった。「巻き込むつもりはなかったんだ」

「海兵隊員にはよろこんで手を貸すよ」

「あんた、アメリカ人か」

「三人とも、軍人が親なのに洟《はな》垂れ小僧のあいつらとはちがうと断言できるよ。わたしはファン。こちらはマックスだ」

「おれのタトゥーに気づいたのか?」パーソンズが、アメリカ海兵隊のロゴを派手に彫ってある右腕を差し出した。錨《いかり》に地球を重ねた上に、鷲《わし》がとまっている。

カブリーヨは、そのタトゥーに気づいていたが、〈レイジー・ゴアンナ〉に探りに来る前にパーソンズの身上調書も読んでいた。パーソンズはオーストラリア生まれだが、父親が死んだあと、十歳のときにアメリカ人の母親とともにカリフォルニアに移住した。アメリカ海兵隊には五年いて、アフガニスタンに二年出征してから、海上勤務になり、エアクッション型揚陸艇《LCAC》の艇長として勤務した。アメリカ海兵隊のLCACは、強襲揚陸作戦中に戦車や兵員を岸に運ぶための巨大なホヴァークラフトだった。

「わたしたちも、ふたりとも退役軍人だ」カブリーヨはいった。事実に近い。「海軍だ」

「いや、応援してくれて助かった」パーソンズが、スツールに座り直した。「あんたたちふたりに、一杯おごらせてくれ」

海の奇譚《きたん》を肴《さかな》に三度おごり合ったころには、カブリーヨとマックスは古い友だちのようにパーソンズといっしょに笑い声をあげていた。カブリーヨは義肢まで見せて、イラクで脚を失ったという作り話をした。

「この町にどれくらい前からいるんだ?」親しくなったので、カブリーヨはようやく肝心な仕事に取りかかった。

「ヌランベイに？」パーソンズがいった。「そうだな、もう一年近い。アロイ・ボーキサイトが、ホヴァークラフトの操縦士を募集してたし、このあたりでSR・N4を操縦したことがあるのは、おれだけだった。LCAC《エル・カック》に比べて、そんなに難しくない」パーソンズは、エアクッション型揚陸艇をそう呼んだ。

「その会社は、どこでマウントバッテン級ホヴァークラフトを見つけたんだろう？」

「ほう、ホヴァークラフトに詳しいんだな。イギリス海峡を横断してたのがスクラップにされかけてたのを買って、改造したんだ。操縦装置も新型に替えてあるから、航法士や機関士なしで操縦できる」

「なかなか美しいホヴァークラフトだな」カブリーヨはいった。「クリスマス寸前まで働かないといけないのは残念だな」

「文句はいえないよ」パーソンズはいった。「あの沼を渡るのに、かなりいい給料をもらってるんだ。それに、あしたで最後で、そのあとは休みにはいる」

「おかしな場所に工場を建てたものだ」マックスがいった。「なにをこしらえてるんだ？」

「知らん。おれはトラックを運んで往復してるだけさ」パーソンズが、ビールの残りを飲み干して、大きなゲップをした。「それに、知ってたとしても、いくら酔っ払ってもあんたらには教えないよ」

「どうして?」カブリーヨはきいた。

「情報を漏らさないっていう同意書にサインさせられた。極秘らしいぜ。なにをやってるのか覗き見したら、めちゃくちゃ訴えられる。孫の代まで破産するだろうよ。子供もいないんだけどね」

「あんたを厄介に巻き込むつもりはないよ」

「だいいち、じきに工場を閉めると思う」

「どうしてそういえるんだ?」マックスがきいた。

「〈シェパートン〉が莫大《ばくだい》な量の貨物を積んでヌランベイから出ていったし、おれの契約もじきに期限が切れる」

カブリーヨとマックスは、なるほどというように顔を見合わせた。莫大な量の貨物。すでに船で運ばれているのがどういう貨物なのか、突き止めなければならない。

パーソンズがスツールから立ちあがっていった。「楽しかったぜ、おふたかた。でも、最後の操縦の前に睡眠をとらなきゃならない。ファン、マックス、知り合えてよかった」

「こちらこそ」カブリーヨはいった。

「錨をあげて、つねに忠実」マックスがいった。

「ウーラーッ」パーソンズがきびきびした敬礼で応じ、すこしよろけながらドアに向かった。

「あいつは宿酔《ふつかよ》いにもならないんだろうな」マックスがうらやましそうにいってから、カブリーヨのほうを向き、眉根《まゆね》を寄せた。「その顔つきは知ってるぞ。なにか名案があるんだな?」

「工場へはいる方法を、われわれはずっと考えていた」カブリーヨはいった。「パーソンズは、巨大ホヴァークラフトを明朝、工場に持っていくといっていた。〈マーシュ・フライヤー〉は、かなり広い。便乗しようじゃないか」

27

午前三時に作戦が開始された。マックス、ハリ、エリック、マーフィーはオレゴン号のオプ・センターにいて、正面の大型スクリーンでホヴァークラフトを見ていた。〈マーシュ・フライヤー〉が、廃業したアルミナ精錬所から突き出しているコンクリートのエプロンの中央に鎮座し、その一〇〇ヤード四方にはなにもなかった。舳先に警備員がひとり配置され、さらにふたりが周回してパトロールしていた。

「よく訓練されてる」マーフィーが、コンピューター合成の声でいった。患者衣からいつものジーンズと〝あんたに説明してやれるが、あんたを理解させるのは無理〟と書かれたTシャツに着替えている。

「パトロールのパターンが読めないようになってて、間隔も適切だ」マーフィーはつづけた。「見られずに通り抜ける方法はない」

「チームはどこだ?」指揮官席から、マックスがいった。

マーフィーは、無線でレイヴンと連絡を維持していた。「位置についたといってる」肩の怪我がまだ治り切っていないレイヴンは、複合艇《RHIB》を操縦してエプロンとは反対側で港内を通り、警備員には見えないところでそれを岸に乗りあげさせていた。カブリーヨ、エディー、リンク、リンダ、マクドが、ホヴァークラフトに向けて駆け出す構えをとっていたが、見通しのきく場所を横断するには、牽制《けんせい》が必要だった。

「よし、マーフ」マックスはいった。「レーザーでターゲットにロックしろ」

エリックが咳払いをした。マックスはマーフィーが兵装ステーションにいるのに慣れているので、考えもせずそういったのだ。

「すまん、マーフィー」マックスはいった。「エリック、準備はいいか?」

エリックがメイン・スクリーンの画像を拡大して、コンクリートの割れ目から生えている草を映し出した。「ロックオンした」

「撃て」

その瞬間、目に見えない高熱のレーザー・ビームによって、草が燃えあがった。

ホヴァークラフトの舳先にいた警備員が、首をのばして覗き、小さな炎を見て無線機で連絡した。あとの警備員ふたりが走ってきた。最初の警備員が、ふたりを調べにいかせ、ふたりが用心深く炎に近づいた。

マーフィーが、興味津々《しんしん》のティーンエイジャーの声に切り換えた。「だれもいないのに火がつくって、どういうことだよ？　変だな」

「敵影なしと、ファンに伝えろ」マックスは、ハリに命じた。

ハリがそれを伝え、エリックが画面を分割して、黒ずくめの人影五つがホヴァークラフトに向けて全力疾走するのが映し出された。五人がホヴァークラフトの蔭にはいって見えなくなり、一分後には船体の上に現われた。巨大なプロペラと比べると、やけに小さく見える。ひとりがコクピットの出入口をあけ、五人とも照明が消えているホヴァークラフトの暗い船内にすばやくはいっていった。

警備員三人は、くすぶっている草に興味を失って、パトロールを再開した。見張る仕事に失敗したことには、まったく気づいていなかった。

カブリーヨが最後に出入口を通ってから閉めた。コクピットは五人がいるのには狭すぎたので、リンダとマクドはすでに梯子《ラッタル》を下って車両甲板《カーデッキ》へ行っていた。操縦士席は正副ふたつあったが、使用されているのは左だけだった。操縦装置をタッチスクリーンが囲み、最新型の旅客機のような感じだった。ウィンドウからの視界は三六〇度だが、コクピットは船体の左右からかなり離れているので、そばを周回している警備員から見えない。

「船内にはいった」カブリーヨはモラーマイクで伝えた。「だれかが乗り込んできたら教えてくれ」

カブリーヨは、エディーとリンクにつづいて、すばやくラッタルを下った。カーデッキは真っ暗だったので、暗視ゴーグルをかけた。船尾のクラムシェルドアは閉まっていた。表の警備員に物音が聞こえないことはほぼ確実だったが、念のためにサプレッサー付きのMP5サブマシンガンを構えた。偵察任務だったが、全員が完全武装していた。マクドは頼りになるクロスボウも持っていた。

車両甲板には二軸ボックストラックが二十台積んであった。段ボール箱入りの荷物や小ぶりの荷物を積むためのトラックだ。いずれも船尾のドアのほうを向いていた。それだけトラックが積み込まれていても、半分しか使われていないくらいだだっぴろかった。

「貨物船は出航した」リンダがささやき声でいった。「トラックはなんのために工場に戻るのかしら？」

「いい質問だ」カブリーヨはいった。「荷台をこじあけたら大きな音をたててしまう。工場へ行ったときに調べよう」

車両甲板に隠れるのは、得策ではなかった。夜が明けたら見つかってしまう。カブリーヨはエディーとリンクを連れて、乗客用船室がある左舷へ行った。マクドとリンダは右舷へ行った。

意外にも座席はそのままで、いまにもイギリス海峡横断を開始しそうに見えた。中央通路の左右に、三人分の横一列の座席がある。乗客四百人が乗ることができ、数カ所に洗面所と調理室《ギャレー》があった。

「夜明けまで何時間かある」リンクがいった。「ちょっと眠ったほうがよさそうだ」

睡眠は貴重なものなので、五人はそれぞれ窓から離れた座席に座ってうとうとした。だれかがホヴァークラフトに乗り込んだら、オレゴン号が警告してくれるはずだ。

数時間後にハリの声が耳に届き、カブリーヨは目を醒ました。

「会長、SUVが一台、〈マーシュ・フライヤー〉に向かってます」

「わかった」カブリーヨは答えた。「全員、隠れ場所へ行け」

エディーとリンクが狭い調理室に潜り込み、カブリーヨは左舷の洗面所にはいってドアを閉めた。マクドとリンダは右舷の洗面所に隠れた。

だれが乗ってきても、短時間で工場に着くので、洗面所や調理場は使わないだろうと判断したのだ。

洗面所はなんのにおいもしなかったので、最近は使われていないとわかった。カブリーヨは、拡張現実眼鏡《オーグメンテッド・リアリティ・グラス》をかけてスイッチを入れた。はいるときに急いでコクピットの外側に取り付けた、ワイヤレスカメラ二台の画像が見えた。

SUVがエプロンの端でとまるのが見えた。男がひとりおりて、力強い足どりで〈マーシュ・フライヤー〉に近づいてくる。ボブ・パーソンズだった。フライト・スーツを着て、ミラー・サングラスをかけている。警備員に手をふって、そのまま歩きつづけた。

「パーソンズと警備員三人が乗り込みます」ハリがいった。

数分後に、機関が始動し、プロペラがまわりはじめるのを、カブリーヨは感じた。

「湾を越えたら無線が通じなくなりますよ」ハリがいった。

「応援をよこしてもらわなければならないときのために、衛星携帯電話を持っている」カブリーヨはいった。

「マックスが、〝よい猟果《ハッピー・ハンティング》を〟といってます」

「それじゃ、あとで」

プロペラが最大回転数になり、ゴムのスカート内に生じたエアクッションによってホヴァークラフトが浮きあがった。〈マーシュ・フライヤー〉が、岸に向くまで旋回し、加速してコンクリートのエプロンから海に出ていった。

ほどなく、〈マーシュ・フライヤー〉は加速して湾を横断し、背後に海水の白い霧がひろがった。十分後には湾を渡り切ってアーネムランドの広い沼地に達し、緑地に近づくと速力を半分に落とした。

沼地にはどんな船の航行も妨げる草や葦《あし》が茂っているし、車輪のある乗り物では海岸から数十メートルしか進めないだろう。だが、〈マーシュ・フライヤー〉は泥沼がなめらかなアスファルトと変わりがないかのように浮かんでいた。左右に低い木がところどころにあったが、そのあいだに広い通り道が切り拓《ひら》いてあった。

カブリーヨがグラスの映像でようやく大きな白い建物を遠くに見つけたときには、海ははるかうしろに遠ざかっていた。二階建てで、屋根に先進的な外見の空気調和機《エア・ハンドリング・ユニット》があった。

「工場が前方に見える」カブリーヨはチームの面々にいった。

「出てもだいじょうぶですか？」マクドがきいた。

「だれかが客席にはいってこないかどうか、たしかめよう。やつらが捜索をはじめたら、戦う準備をしろ」

近づくと、衛星画像に写っていた車両が見えた。車両甲板に積んであるのとおなじようなトラックが二台、舗装されたエプロンに駐車していた。その横にパトロールかヌランベイとの人員の行き来に使っているとおぼしい四人乗りのホヴァークラフトが、十二台あった。

それらすべての向こう側に、ヘリコプター一機が駐機していた。観光に使われるようなベル・ジェットレンジャーだった。

エプロンで男たちの一団が待っているのを、カブリーヨはグラスの画像で見た。全員が軍服を着て、制帽をかぶり、重武装している。

「敵と思われるやつが多数いる」カブリーヨはいった。「すくなくとも二十人はいるし、アサルト・ライフルを持っているようだ」

「なにか重要なものが建物内にあるにちがいない」エディーがいった。

ホヴァークラフトがエプロンの上で停止し、機関の回転が落ちた。金属製の傾斜板が船尾にあるホヴァークラフトに向けて、小さな牽引車が近づいてきて、クラムシェルドアがあき、トラックがおろされはじめた。

「なにをおろしてるのかしら？」リンダがきいた。

「見られずに覗き見するのは無理だな」カブリーヨはいった。こっそり沼地へ行ければいいと思っていたのだが、それには見通しがきく広い場所を横切らなければならない。

ホヴァークラフトから出てきた一台目のトラックが、建物のあいている車庫のドアに向かっていた。カブリーヨは、洗面所のドアを細めにあけた。客席にはだれもいなかった。

「こちら側は敵影なし」

「こっちも」リンダがいった。

リンクとエディーがそばに来た。車両甲板から声が聞こえていたが、トラックのエンジンが始動すると、その音に呑み込まれた。

「なにをやってるんだろう?」マクドがきいた。

エディーが、ウィンドウの下の縁から覗いた。

「警備員はすべて中国人だ。北京語でしゃべっている」

「中国人?」リンクがいった。「この会社はオーストラリア軍と契約してるんじゃないのか?」

カブリーヨは肩をすくめた。「情報ではそういうことになっている」

「とにかく、侵入する方法が見つかりましたよ」エディーがいった。ニューヨークのチャイナタウンで育ち、CIAのスパイとして中国に何年も潜入していたエディーは、ほんものの中国人とおなじくらい流暢にしゃべれる。「警備員がひとりきりになるのを待って、ここに誘い込みます」

チームの全員が、車両甲板に通じているドアへ行き、エディーがドアをすこし引きあけた。北京語でなにかをいい、身を引いた。

好奇心をそそられた警備員が戸口から首を入れたとき、カブリーヨはサブマシンガンの床尾で殴りつけた。警備員が倒れて、チームが客席にひきずり込んだ。

警備員の服をすばやく脱がせ、結束バンドで縛って、洗面所に閉じ込めた。エディーがその警備員の制服を着て、MP5を置き、アサルト・ライフルを持った。顔を伏せていれば、警備員のひとりに見える。

「つぎのトラックを運転しろ」カブリーヨはいった。「われわれは後部に乗る」

エディーが車両甲板に出ていった。そこにだれもいなくなると、手をふってカブリーヨとリンクを急がせた。リンダとマクドがべつの通路から出てきた。四人は急いで後部に乗り、ロールアップドアを閉めた。マクドとリンダが、小さなフラッシュライトをつけた。

トラックの後部に木箱が六つ、固定してあった。いずれもアロイ・ボーキサイトのロゴが描かれている。

「トラックは空かと思ってた」リンクがいった。

「なにを積んでるんだろう？」

「見てみよう」カブリーヨはいった。万能工具を使って、木箱の蓋《ふた》をこじあけた。エディーがエンジンをかけて、トラックをホヴァークラフトから出した。リンダが、木箱の中身をフラッシユライトで照らした。

マクドが唖然として口笛を鳴らした。「うわあ、いったいこれをどうするつもりだ？」

カブリーヨには見当もつかなかったが、いいことであるはずはなかった。木箱にはダイナマイトがぎっしり詰まっていた。

28

アンガス・ポークは、トラックが一台ずつ組み立てラインの指定の場所へ誘導されるのを、二階のオフィスから眺めていた。トラックは建物内に均等な間隔で配置された。必要量の〝エネルウム〟の製造が終わり、神経ガス散布用のロケット弾に充塡《じゅうてん》されたので、痕跡《こんせき》を消す潮時《しおどき》だった。

ダイナマイトで自分たちが関与していた痕跡を消すのにくわえ、偽の物証を残さなければならない。爆発で破壊されずに発見されるように、特定の書類や物体を建物のあちこちに入念に隠してある。爆発後に当然ながら調査が行なわれるだろうが、すべての手がかりが、オーストラリア軍の秘密活動の存在を示し、オーストラリア国民をこれから襲う大惨事は政府の責任だという決定的な証拠になるはずだった。

ポークの携帯電話が鳴り、エイプリルが動画チャットで連絡してきたのだとわかった。ポークが携帯電話のスクリーンをタップすると、笑みを浮かべたエイプリルが現われた。

「最近のニュースを見た?」エイプリルがきいた。

ポークはうなずいた。「空軍基地のことで、庶民は陰謀理論が気に入ったようだな」

エイプリルがプラズマ・キャノンを使ってオーストラリア空軍タルボット基地の補給処を炎上させ、身体を麻痺させる化学物質を充填したロケット弾をわざと基地の上を飛び越し、近くの町の上空で炸裂するように発射した。目撃者は、基地からロケット弾が発射されたと思い込むにちがいない。

「ポート・クックと〈エンピリック〉の両方について」エイプリルがいった。「オーストラリアのメディアは躍起になって報じてる。ソーシャルメディアは、ありとあらゆる秘密実験を思いついて、国民に隠れて行なわれてるっていってる。ふたつの事件について、政府とは独立した調査を行なうよう、国民が要求してる」

「工場を爆破すれば、そういう話が加速するだろう。貨物船のほうはどうだ?」

ポート・クックの町にガスを散布したあと、エイプリルは貨物船の状態を確認するために会合《ランデヴー》していた。

「ラスマン船長は指定の針路をとってる。船の改造はすべて終わり、シドニーに到着したときには準備は完了しているはずよ」船長は積荷がなにか知らないし、余計なことをきかないように報酬をはずんであった。「わたしはこれから、ケアンズにあなたを迎えにいくわ」

「おれたちは、リュの最後の動画をきょう見ることになってる」

「わかってる。だから電話したのよ。いっしょに見られるように」

ポークはオフィスのデスクに向かって座り、ノートパソコンの蓋をあけた。動画を再生するコマンドを打ち込み、エイプリルに見られるように、携帯電話のカメラをそっちに向けた。

リュが現われた。やつれていたが、うきうきしているような表情だった。

「おまえたちがこれを見ているとすると、おめでとう。終盤戦は近いし、これが終わればもう、わたしからの便りはなくなる。これまで用心深く、わたしの計画を完璧に実行してきたようなら、最後の行動は問題なく完遂《かんすい》されるはずだ。おまえたちは大義を果たした英雄になり、わたしの遺産を受け取る」

「これが最後でよかったぜ」ポークがいった。

「わたしも」エイプリルがいった。

「おまえたちのすべての努力の目的を教えるときがきた。わたしがシドニーの住民五百万人の体を麻痺させるつもりだということは、もう察しがついているはずだ。この動画を見ているのは、すさまじい結果になると知りながら、わたしの計画を実行するのに同意したからだ。つまり、わたしが適切な工作員を選んだことを示している」

リュが咳払いをして、水をひと口飲んだ。

「わたしの動機は復讐《ふくしゅう》ではない。オーストラリア市民に悪意は抱いていない。たしかに数百万人が死に、さらに数百万人が一生車椅子を使うことになるだろう。しかし、生存者が二十四時間態勢でケアを受けなければならなくなることは、わたしの計画の副産物ではない。それが最大の目的なのだ。それは中国が包囲を突破してアジア全体を支配し、アメリカに代わって卓越した世界の超大国になる唯一の方法なのだ」

「どうして？」ポークがいった。

エイプリルが手をふった。「シーッ。すぐにわかるから」

「わたしは愛国者だ。そして、中国は長年きわめて安易に孤立を強いられてきた。たしかにわたしの母国は世界中で強い財政力を発揮しているが、それだけではじゅうぶんではない。中国はあまりにも臆病《おくびょう》だ。もっと大胆な戦略を採るべきだと、わたしは長年主張してきた。侵略によって帝国を拡大すべきだというわたしの主張を、党は危険が大きいといって斥けた。わたしが中国のために開発したプラズマ・キャノンなどの決定的兵器があるにもかかわらず、拒絶したのだ。プラズマ・キャノンの設計はかなり前にアメリカから盗んだもので、わたしの会社が完成させた。そして、わたしはそれを復活させ、〈マローダー〉を建造して、党に知られることなく中国の国境を押し広げる計画を立てた」

「オーストラリアに侵攻するつもりよ」エイプリルが、息を切らしていった。

「どうしてそんなことができるんだ?」ポークがきいた。

「オーストラリア人五百万人が突然、体を動かせなくなったら、なにが起きると思う?」リュがいった。「政府としては、彼らがそのまま死ぬのを放置するわけにはいかない。それはあまりにも非人道的だ。だから、その不運なものたちを救うのに全力をあげるだろう。しかし、オーストラリアにはそれだけの人手がない。オーストラリアの人口の二〇パーセントが一夜にして特殊な手当てを受けなければならなくなるのだ。政府が大規模な対策を講じなかったら、そのうち半数は数日で死ぬだろうと、わたしは予測している。では、オーストラリア政府は、だれを頼るだろうか?」

「アメリカか?」ポークは考え込んだ。

「アメリカではない」ポークの質問に答えるかのように、リュがいった。「遠く離れているし、派遣できるような人数がいない。わたしの計算では、オーストラリアが早急に必要とする介護士と看護師の数は、最低でも百万人だ。それを提供できる資源と人員がいて、しかも近い国はどこか？　中国だ。最近の航空会社破綻《はたん》のおかげで、余っている旅客機百機をすぐに用意できる。中国政府は要請を受けて、百万人を雇用できる」

ポークは動画を一時停止して、携帯電話でエイプリルの顔を見た。「認めざるをえない。うまくいくかもしれない」

エイプリルがうなずいた。「オーストラリアは中国の支援を受けるしかないでしょうね」

「そして、中国人百万人が一気にオーストラリアに入国すれば、オーストラリア全体が中国の拠点になる」

「見返りに中国政府が妥協を要求することを、リュは見抜いているんだ。いわば裏口からの侵略だ。それに、オーストラリア国民は自分たちの軍に大惨事の責任があると考えているから、中国人を呼び込むのにほとんど抵抗しないだろう。救いに来てくれたと歓迎する」

ポークは、動画の再生をつづけた。

「もちろん、中国軍も連携のために派遣する必要がある」リュがいった。「そして、いったんオーストラリアに駐留したら、中国軍は引き揚げないだろう。いずれにせよ、その時点で、中国人がオーストラリアの人口のかなりの部分を占めるようになる。オーストラリア人の目の前で侵略が行なわれ、中国領土の陸地面積は一週間足らずで倍になり、ロシアの面積を超える。中国人一億人が移住するのにじゅうぶんな広さだ」

リュが、すでに目標を達成したとでもいうように、満足気な顔で椅子にもたれた。

「ひょっとすると、おまえたちはわたしの目標に賛成できず、わたしの計画に反対かもしれない。どうでもいい。リュ・イァンという名前は歴史に残るが、怪物だったといわれることはない。オーストラリア人数百万人の命を救い、中国の人民のために新しい時代を築いた先見の明のある人物として記憶されるだろう。わたしたちみんなのために、おまえたちが責務を果たし、新年のはじめにはビリオネアになっていることを願う。幸運を祈る。さようなら」

「まったく厚かましい野郎だ」ポークがいった。

「リュの計画をどう思う?」エイプリルがきいた。「危険を冒す甲斐《かい》はある?」

「リュは、おれたちがここまでやるための資源をすべて提供した。あとは品物を届けて、さっさと逃げればいいだけだ」ポークは、妻のエイプリルの目を覗き込んだ。

「仕事を最後までやるのをやめる理由は、どこにもない」

「そのとおりよ。リュは復讐を考えてないかもしれないけど、わたしはオーストラリア軍がこの惨事のことで懲《こ》らしめられるのを見たい。わたしたちを刑務所に入れた報いよ」

「もうリュの話を聞かなくてすむのがありがたいね」

「そっちでやらなければならないことは、どれくらいあるの？」

「たいしてない。工場の従業員はもう全員始末した。これから後片付けをする。そうしたら、ここを爆破して、ヌランベイ郊外の空港へ行く。ジェット機を待たせてある」

「解毒剤を忘れないで」

「もうヘリコプターに積んである。必要にならないことを願おう。あんなふうに体が麻痺するのかと思うだけで、気分が悪くなる」

「早く会いたいわ、あなた」エイプリルがいった。

　ここにあるサーバーすべてとノートパソコンのデータをいっさい消去しなければならない。ファイルはどれも〈マローダー〉のメインコンピューターにバックアップをとってある。ポークはキーをひとつ押して、消去プロセスを開始した。ウィンドウが現われ、データベース全体を十五分で消去すると告げた。

　ポークは立ちあがり、窓際に行った。トラックは一台残らず配置されているように見えた。

ちがう。二十台のうち十八台がホヴァークラフトからおろされたはずなのに、十七台しか見当たらない。二台を車両甲板に残したのは、〈マーシュ・フライヤー〉を粉みじんにするためだった。

最後の一台はどこだ？　リュが雇った元兵士たちは、優秀なはずだった。すこぶる頭がいいとはいえないかもしれないが、狂信的で、リュとその未来像に忠誠を誓っている。

ポークは、デスクからSIGザウアー・セミオートマティック・ピストルを取り、ウエストバンドに差し込んだ。最後の未処理問題を片付けるのにそれを使う。〈マーシュ・フライヤー〉の操縦士が残っている。

ボブ・パーソンズを消さなければならない。

29

ダイナマイトを積んだトラックがとまり、エディーが車をおりてだれかと北京語で話をしているのが、くぐもって聞こえた。激しい口調のやりとりだったので、調べるためにリアドアがあけられたときに発砲できるように、カブリーヨ、マクド、リンダ、リンクは身構えた。だが、すぐにまたトラックが動きだした。何度か曲がってから、トラックはとまった。

エディーがリアドアをあけ、全員がおりた。建物の裏側と沼地のあいだの細長いコンクリート舗装の部分のようだった。工場本体のドアと、沼地に面している宿舎かオフィスらしい別棟のドアがあった。

「きわどかったみたいだな」カブリーヨはいった。

「工場にはいれといわれたんです」エディーがいった。「でも、裏にまわれと命じられているといって、納得させました。おかしいとやつらが気づくまで、あまり時間はないでしょう」

「それじゃ、調べに行こう。終わったら青島《チンタオ》級エアクッション艇を一艘盗んで逃げる」中国製の高速エアクッション艇は四人乗りだが、もうひとりくらい乗れるはずだった。

「エディーとわたしは工場を調べる。リンダ、マクド、リンク、別棟のドアからはいってくれ。いいか、これは偵察任務だ。交戦するのは、どうしてもそうしなければならないときだけだ。十分後にここに集合しよう」

三人が別棟にはいっていくと、カブリーヨは工場のドアを細めにあけた。ざっと見ると、人影はなかった。

カブリーヨとエディーは、工場に忍び込んだ。そこは広い部屋でロボット的な工作機械や研究室の機器があり、アロイ・ボーキサイトのロゴが描かれた木箱が積んであった。建物の向こう側から警備員の声が聞こえるだけで、工場の従業員はいないようだった。フォークリフトが通れるように広い通路が何本もある。フォークリフトはいま壁際に並んでとまっていた。ホヴァークラフトから出てきたトラックが、あいたスペースを埋め尽くしていた。

トラックはすべてダイナマイトを積んだままにちがいないと、カブリーヨは思った。

ということは、この建物を破壊するつもりなのだ。

エディーがカブリーヨの肩を叩き、オフィスらしきところへ通じている囲いのある階段を指差した。たぶん工場長のオフィスだろう。ここでなにが行なわれているか、情報を手に入れるのに好都合かもしれない。

ふたりは階段を昇り、てっぺんでドアのガラス窓から覗いて、だれもいないことをたしかめた。工場のフロアを展望する窓から姿を見られないように、ずっと身をかがめていた。

オフィスのファイルキャビネットはすべて引きあけられ、引き出しは空だった。高性能シュレッダーはまだ温かく、屑籠《くずかご》はすべて刻まれた書類であふれていた。無傷だったのは、デスクのノートパソコンだけだった。

「ざっと見てくれ」カブリーヨはそういって、エディーがコンピューターを調べているあいだに、窓際へ行って縁から覗いた。

見晴らしがきくそこから、だだっぴろい工場の内部がよく見えた。ほとんどが自動化されているようなので、最低限の人数で操業できるだろう。

しかしながら、おかしなものが目についた。真下にありとあらゆる科学実験の道具が雑然と置いてある作業台があった。フラスコ、試験管、有害なガスが発生するような化学実験で使うドラフトチャンバーと呼ばれる局所排気装置。そのそばに大きなガラスの水槽があり、クラゲの群れが光を浴びて脈動していた。

その研究施設の向かいで、警備員数人が明らかにリーダーとおぼしい男を囲んでいた。顔をはっきり見分けることはできなかったが、背が高く、筋肉隆々で、腕に袖のようなタトゥーがあった。べつの警備員ふたりにともなわれて、ボブ・パーソンズが、その一団のほうへ歩いていた。

「会長、ファイルが消去されかけています」エディーがいった。

カブリーヨはデスクに戻り、スクリーンの進行を示すバーを見た。〝リモートファイル消去中、68パーセント終了〟と表示されていた。

「中止できるか?」カブリーヨはきいた。

「できません。でも、完全に消去される前に、できるだけたくさんファイルをダウンロードします」エディーが、ノートパソコンのUSBポートにフラッシュメモリーを差し込んだ。エリックとマーフィーがこしらえた特製のメモリーで、こういうデータ抽出《ちゅうしゅつ》に使える。

「そのノートパソコンを持っていったらどうだ?」

「無駄だと思いますね。ハードディスクはほぼ空っぽです。この建物内にサーバーがあって、ファイルはほとんどそっちに保存されているにちがいない」

カブリーヨは、モラーマイクに切り換えた。「リンク、ローカルネットワークで接続されたサーバーのファイルを消去しかけているノートパソコンを見つけた。やつらはここを消滅させようとしている。なにか役に立つものを見つけたといってくれよ」

リンク、マクド、リンダは、カブリーヨの期待どおり重要なものを見つけていた。死体だ。二十二人の死体が、乱雑に積み重ねてあった。

「工場の従業員を見つけたと思います、会長」リンクがいった。「オフィスも宿舎も、もぬけの殻《から》でしたが、冷蔵倉庫を見つけ、二十二人の死体が詰め込まれてるとわかりました。むごたらしい光景ですよ」

「われわれがここでどういう人間を相手にしているか、わかったわけだな」カブリーヨはいった。「調べ終えたら、また連絡してくれ」

リンダは、かがんで死体を調べていた。全員が男で、半分が白人、あとの半分が中国人だった。

「銃創もひどい外傷もない」リンダがいった。「痣《あざ》やひっかき傷もない。争ったようすがない」

「毒殺されたのかな？」マクドがきいた。

「いいえ、ちがうと思う。目に斑点があるでしょう。点状出血と呼ばれるものよ。窒《ちっ》息《そく》した可能性が高い」

マクドがすばやくほかの数人を調べた。おなじ影響が出ていた。

「みんなおなじだ」マクドはいった。二十二人を窒息させて、ひとりも抵抗しなかった。どうやったんだろう？」

「やはり毒でやられたんだ。マーフィーがやられたのとおなじ麻痺性のガスの毒で」リンクがいった。「そのあと、動けなくなって殺されたんだ。目撃者を消すのに、なんてむかつく実験をやりやがったんだ。先へ進もう」

三人は冷蔵倉庫を出て、長い廊下を進んでいった。空のオフィスが二室あり、つづいてコンピューター・サーバーを何台も詰め込んである部屋が見つかった。データを処理していることを示すライトが点滅していた。

そこにはコンピューターが一台しかなかった。リンクがキーボードを叩くと、スクリーンが明るくなり、パスワードを要求した。

ためしにＰＡＳＳＷＯＲＤと入力すると、〝パスワードがまちがっています〟というメッセージが出た。

「はいり込むのは無理よ」リンダがいった。

「とにかく二、三分ではだめさ」マクドがつけくわえた。

「会長」リンクがモラーマイクでいった。「サーバーの部屋を見つけましたが、システムに侵入できません。電源を抜いてディスク消去をとめましょうか？」

「いや、そのままにしておけ」カブリーヨは答えた。「消去される前にできるだけデータを抜き出そうとしているところだ」

「了解です」

「裏のトラックのそばに戻ろう。四分後にここを離れる」

「わかりました」

捜索を終えるために、三人は廊下に戻った。つぎの部屋へ行こうとしたとき、廊下の突き当たりのドアがあいた。警備員がひとりはいってきて、中国語で叫んだ。だれかを捜しているようだった。

見たことのない人間が三人、廊下に立っていたので、一瞬、警備員がびっくりして目を丸くした。すぐに気を取り直し、アサルト・ライフルを構えようとした。

警備員がアサルト・ライフルを肩付けする前に、マクドがクロスボウで速射した。ボルトが目に突き刺さり、警備員がうしろ向きに倒れた。

「おそらくトラックの運転手を捜していたのよ」リンダがいった。

三人は急いでドアに向かった。表を見たが、だれもいなかった。だが、死んだ警備員のベルトに付けてあった無線機から呼びかけが聞こえた。すぐにそれが切迫した口調になった。

「会長」リンクがモラーマイクで伝えた。「警備員をひとり殺《や》らなきゃならなかった。すぐにだれかがそいつを捜しにくると思います」

30

元海兵隊員のパーソンズは〈マーシュ・フライヤー〉の操縦に必要な人間だったが、威張《いば》りくさっているのでポークはずっと嫌っていた。それに、パーソンズはボーイスカウトみたいに正義漢ぶるところがある。先週も、工場の科学者ひとりがホヴァークラフトに荷物を積み込んでいて怪我をしたときに、工場内の医務室で手当てするのではなく、強引にヌランベイの診療所へ連れていった。秘密保全規則に対する重大な違反だった。その行動で科学者は命拾いした――ほんの数日、生きられた――かもしれないが、パーソンズが厄介の原因だということが明らかになった。その場で殺してもよかったのだが、パーソンズにやらせる用事がまだ残っていた。

いまは思いどおりに殺すことができる。

「もう用はないとおまえにいえるのは、うれしい限りだぜ、パーソンズ」

パーソンズは、ポークに薄笑いを向けた。「〈フライヤー〉をヌランベイに戻すのに、だれか見つけたのか？」

　ポークは、無表情にパーソンズを見据えた。「いや」

「それじゃ、ここに置いておくのか？」

「そんなところだ。このままの状態ではないが」

　パーソンズはようやく事態を察して、自分を囲んでいる警備員たちを見まわした。

「退職手当は出ないんだろうな？」

「あたりまえだ」ポークが警備員ふたりに顎をしゃくり、ＳＩＧザウアーを出して、パーソンズの胸に向けた。警備員が結束バンドを使って、パーソンズをうしろ手に縛りあげた。

　パーソンズは、情けないという感じで笑い声を漏らした。「おまえがこういうことをやるだろうと察するべきだった。なんたるクリスマスプレゼントだ。おまえの本名はミラーじゃないんだろう？」

「ああ、そのとおりだ」

「こうなっては、名前なんかどうでもいい。ここで見たことをすべて記録して保管してあるし、おれの身になにかあったらそれが発表されるといったら、信用するか？」

「われわれはずっとおまえを見張っていた。われわれのところで働くようになってからは、ヌランベイの外の人間と仕事の話をしていない。それに、おれの配下がおまえの貸間を捜索し、携帯電話を調べた。なにも見つからなかった」

「おれの携帯電話を?」

「ホヴァークラフトのコクピットに置きっぱなしにしたのはまずかったな」

パーソンズは、拳銃を見て溜息をついた。「おれみたいな馬鹿は生き延びられないってことだな。さっさと片付けてくれ」

「おまえを撃ち殺したいのはやまやまだが、そういうやりかたはできないんだ。頭のなかから弾丸が見つかったら、ここで事故が起きたように見せかけるのが台無しになる」ポークは、警備員ふたりに手で合図した。「冷蔵倉庫へ連れていって、閉じ込めろ。用意ができたら、ほかの死体といっしょにしかるべき場所に移す。こいつも爆発の犠牲者のひとりだ」

パーソンズはポークを睨みつけたが、警備員ふたりに押されて離れていった。

「さて、行方不明のトラックはどこだ?」携帯無線機を持っている警備員に、ポークは北京語できいた。返事を待つあいだに、近くのトラックの荷物室にはいって、起爆装置のタイマーがはいっている箱をあけた。二時間後に起爆するように設定した。ここを離れる前にすべてを望みどおりに細工するのに、じゅうぶんな時間だった。トラックはすべてダイナマイトを積み、距離を置かずにとめてあるので、連鎖反応を起こして誘爆し、建物は木っ端《こ ぱ》みじんになるはずだった。

警備員が無線機を使って、トラックの所在をたしかめようとしたが、応答がなかった。「どこにあるのか、わかりません。工場のまわりを調べるよう、ひとり行かせたのですが、連絡がとれません」

「それじゃ、もっと人数を集めて、そいつとトラックを捜させろ」

「どんなぐあいだ？」窓の近くから、カブリーヨはきいた。

「ゴール前の接戦でした」エディーが答えて、USBドライブをノートパソコンから引き抜いた。「でも、消去される前に残っていたファイルをダウンロードしました。読めるかどうかは、オレゴン号に戻らないとわかりません」

「ちょっと待て」カブリーヨはいった。パーソンズが警備員ふたりに無理やり歩かされているのが見えた。両手をうしろで縛られている。「あらたな問題が起きた」

エディーが、窓際のカブリーヨのそばに行った。「パーソンズは、ほかの従業員とおなじ扱いを受けるような感じですね」

パーソンズに付き添っている警備員が、研究室のようになっているところを抜けて、宿舎に向かっていた。そっちにカブリーヨのチームの三人がいる。

「リンク」カブリーヨはモラーマイクで伝えた。「お客さんが行く。警備員ふたりだ。味方がひとりいっしょにいるから気を付けろ。ボブ・パーソンズという男だ。白人でクルーカット」

「わかりました」リンクが答えた。「ちゃんと歓迎します」

警備員ふたりとともに、クラゲの水槽のそばを通ったとき、パーソンズが不意にふりむいて、警備員ひとりを頭突きした。警備員が衝撃でよろけて、床に倒れた。パーソンズはもうひとりの警備員に肩からぶつかり、ふたりとも水槽に激突した。パーソンズは警備員の股間を膝蹴りしたが、警備員に肘で強打され、衝撃でうしろによろめいた。

怒り狂った警備員が、アサルト・ライフルを構えた。カブリーヨがMP5の床尾で窓ガラスを割って注意をそらすと同時に、エディーが警備員に向けて三点射を放った。警備員が倒れ、上半身を貫通した一発が水槽に当たって、ガラスに何本もひびがひろがった。

なにが起きるか気づいたパーソンズが、すばやくあとずさって離れた。もうひとりパーソンズが安全なところまで逃げたとき、水槽がバラバラに砕けた。

の警備員がよろけながら立とうとしたとき、あふれ出した奔流に呑み込まれ、床に倒れた。クラゲ一匹が警備員の頭に落ちた。警備員は痛みのあまりのたうち、鋭い悲鳴をあげて、顔にへばりついて毒液を出していた触手を引き剝《は》がそうとした。

パーソンズは、呆然としてオフィスのほうを見あげた。

カブリーヨは裏口を指差して叫んだ。「行け」

パーソンズが即座に駆け出した。

「銃声が聞こえる」リンクが叫んだ。「そっちはだいじょうぶですか？」

銃撃戦の音を聞いた警備員が、何人もオフィスのほうへ走ってきた。

「計画変更だ、リンク」カブリーヨはいった。「パーソンズがそっちへ出ていった。ひとりだけだ。トラックのエンジンをかけろ。出ていく潮時だ」

31

新手《あらて》の警備員たちが接近してきたので、エディーが階段を駆けおりるあいだ、カブリーヨは掩護射撃で彼らを釘付けにした。階段の下に達したエディーが射撃を開始すると、カブリーヨはそこへ行った。ふたりいっしょに、工場の裏口に向けて走った。

外に出ると、リンクがトラックの運転席に乗り、リンダとマクドが、パーソンズといっしょに後部に乗っていた。両手の結束バンドははずしてあった。

「ここであんたに会うとは、思ってもいなかった」カブリーヨとエディーがトラックの後部に跳び込むと、パーソンズがいった。「だが、会えてよかった」

「〈マーシュ・フライヤー〉を始動させるのに、どれくらいかかる?」覆いのない青島級エアクッション艇で逃げようとしたら、銃撃の嵐《あらし》を浴びることになる。

「浮きあがらせて航走するまで、一分というところだ」パーソンズがいった。

それぐらいなら防戦できると、カブリーヨは判断した。「リンク、トラックを〈マーシュ・フライヤー〉に入れてくれ」

「行きますよ」

トラックが揺れながら発進したが、その直前に工場の裏口ドアがぱっとあいた。カブリーヨとあとの三人が、出てきた警備員ふたりをすぐさま薙《な》ぎ倒したが、三人目が一斉射撃をかわして撃ち返した。その銃弾がトラックの後部にばらまかれた。トラックが速度をあげて建物の角をまわったとき、カブリーヨは叫んだ。「だれか、怪我したか?」そのとき、ダイナマイトを詰め込んだ木箱に一発が当たって窪《くぼ》みができているのが目に留まった。それが貫通してダイナマイトを爆発させなかったのは、まさに僥倖《ぎょうこう》だった。

カブリーヨのチームは全員、怪我はないと答えたが、パーソンズが右手を押さえ、指のあいだから血がにじんでいた。痛がるというよりは、苦り切っていた。

「なんてざまだ。〈マーシュ・フライヤー〉の操縦を手伝ってもらわなきゃならない」

リンダが救急用品キットから野戦包帯を出して、パーソンズの傷に巻いた。

「おれはだいじょうぶだ」パーソンズがいった。「そっちの手当てをしろ」カブリーヨの脚を指差した。

カブリーヨが下を見ると、ズボンの膝の下あたりに弾丸で穴があいていた。

「だいじょうぶだ」カブリーヨは脚を持ちあげて、戦闘用義肢を見せた。潰れた弾丸がはまり込んでいた。「わたしも元軍人だよ」

トラックが工場の建物をまわって正面に出た。コンクリートのエプロンを突っ切るときに、弾丸がバラバラと車体側面に当たった。後部から建物を視界に捉えられるようになると、カブリーヨとあとの三人が射撃を開始し、出てきた警備員数人を釘付けにした。

トラックが青島級エアクッション艇の列の横を通過し、船尾の傾斜板を登って、〈マーシュ・フライヤー〉に乗り込んだ。タイヤを鳴らしてトラックが停止し、カブリーヨが跳びおりると、積載されていたトラック二台と数センチしか離れていないところでリンクがトラックをとめたことがわかった。

「リンク、右の客席へ行け。エディー、左に行け。マクドとリンダは、車両甲板に残れ。わたしはパーソンズがこれを操縦するのを手伝う」

「あんた、名前はなんだっけ？」パーソンズが、コクピットへの階段《ラッタル》を昇りながらきいた。

「ファン・カブリーヨ」

「どういうわけでこんなところまで来たのか、早く話を聞かせてくれよ」

「それはべつの機会に」カブリーヨはそういって、コクピットにあがっていった。まばらな銃声と、表で小さなエアクッション艇のエンジンが始動される音が、すでに聞こえていた。

土壇場になって何者かに侵入され、急襲されたことに怒り狂ったポークは、侵入したやつらを追跡してパーソンズもろとも皆殺しにしろと命じた。オフィスには戻らなかった。こうなっては、工場のあちこちに入念に配置した偽の証拠を、もうだれも信じないだろう。工場と残っているものを破壊し、できるだけ早く脱出するほうがいい。時限起爆装置があるトラックに戻り、タイマーを二分に設定し直した。それから、ヘリコプターに向けて駆け出した。

ポークはオーストラリア軍特殊作戦コマンドにいたときに、回転翼機の操縦訓練を受けていたので、ベル・ジェットレンジャーを飛ばすのは簡単だった。跳び乗って、チェックリスト抜きでエンジンを始動した。

ポークの頭上でローターが回転しはじめたとき、〈マーシュ・フライヤー〉のプロペラもまわりはじめた。

「やつらを逃がすな」ポークは、無線で命じた。

四人が乗る青島級エアクッション艇一艘が、スカートの上に浮きあがり、エプロンを疾走した。その船体に銃弾が当たって火花が散り、警備員ひとりが倒れたが、その前に〈マーシュ・フライヤー〉の傾斜板を登り、車両甲板にはいっていた。

二艘目のエアクッション艇がすぐうしろにつづいていたが、巨大なホヴァークラフトが浮きあがったので、傾斜板に渡していた仮設斜路がはずれた。二艘目のエアクッション艇は船内にはいれず、ゴムの船体から跳ね返って、転覆し、乗っていた警備員たちは押し潰された。

〈マーシュ・フライヤー〉は加速してエプロンを離れ、沼地に出た。だが、あいている船尾クラムシェルドア越しに銃口炎がまたたくのが、ポークのところから見えた。生き残りの警備員が乗った残りの青島級クッション艇四艘が、発進してあとを追ってきた。

ローターが最大回転速度に達すると、ポークは出力全開でジェットレンジャーを離昇させ、すばやく速度と高度をあげて、工場から遠ざかった。

腕時計を見て、時限起爆装置に合わせてカウントダウンした。

……三……二……一……。

最初のダイナマイトが、時間どおりに爆発し、〝エネルウム〟工場の屋根に穴があいた。たてつづけにすさまじい爆発が起きて、あちこちを引き裂き、建物全体を巨大な火の球に変えた。衝撃波がジェットレンジャーを揺さぶったが、ポークはたくみに制御した。

望んだとおりの破壊にはならなかったが、目的を果たすにはじゅうぶんだろうとポークは思った。

だが、それをよろこんではいられない。ポークはヘリコプターの機体を傾けて、小さなエアクッション艇四艘が、巨大なホヴァークラフトに追いつこうとして疾走しているのを眺めた。上空から見た限りでは、〈マーシュ・フライヤー〉のような大型ホヴァークラフトを破壊するのは難しいように思えた。

ポークは、警備チームに軽対戦車榴弾発射器《RPG》を装備させた自分の先見の明を、心のなかで褒め称《たた》えた。

32

リンダは、〈マーシュ・フライヤー〉の車両甲板の船尾近くでマクドとともにトラックの蔭でかがんでいた。船内に乗り込むことができた青島級エアクッション艇に乗っていた三人が見えたが、四人目が見当たらなかった。その三人は、最後尾のトラックにぶつかってとまったエアクッション艇を遮掩物《しゃえんぶつ》に使っていた。船内で銃撃の音が反響し、耳がおかしくなりそうだった。

「四人目はどこだ？」マクドが、ＭＰ５の連射のあいまに叫んだ。侵入した敵は、威力のある中国北方工業公司《ノリンコ》製のアサルト・ライフルを持っていた。

「わからない」リンダが大声で返事した。「でも、弾丸がダイナマイトに当たったら、まちがった人生を選んだって悔《く》やむひまもなくなる」

「急いで待ち伏せ攻撃しなきゃならない」リンクが通信装置で伝えた。「エディー、位置についたか？」ふたりは〈マーシュ・フライヤー〉の左右で客席のドアの蔭に立っていた。

「準備よし」

「リンダとマクド、やつらの注意をそらしてくれ」

「やるわよ」リンダがいった。

リンダとマクドが躍りあがって、警備員三人の方角に弾幕射撃を放った。三人が襲いかかる銃弾に気をとられている隙に、背後からリンクとエディーが車両甲板に跳び込んで発砲した。三人とも甲板に倒れる前に死んでいた。

「リンダとマクドがじりじりと前進し、トラックの下に四人目の警備員がいないかと探した。

「見つけた？」リンダがきいた。

「いや」マクドが答えた。

「こっちにもいない」リンクがいった。

「待て」エディーがいった。「わたしたちが乗ってきたトラックのリアドアだ。閉まっていたか？」

リンダがマクドの顔を見た。マクドが首をふった。

「おれたちは閉めなかった」

リンダとマクドは、リンクとエディーに合流し、音をたてないようにトラックの後部にまわった。リンクとエディーがMP5でドアに狙いをつけ、リンダとマクドがドアレバーに手をかけた。リンクがうなずき、リンダとマクドが、さっとドアをあけた。

四人目の警備員がなにかを両手に持ってふりむき、アサルト・ライフルを取ろうとしたが、手が届く前に銃弾の穴だらけになった。

警備員が落としたものをリンダが拾いあげた。小さな起爆装置で、タイマーが二十秒を表示していた。中国語のキーパッドがあった。リンダがそれを渡すと、エディーがキーパッドを叩いた。液晶画面のタイマー表示が消えた。

「タイマーをとめた」エディーがいった。

警備員の死体の横の木箱があいていた。蓋に起爆装置の大きさの収納部があるのがわかったが、なにもはいっていなかった。

「起爆装置は前から仕掛けられていたにちがいない」リンクがいった。

エディー、リンク、リンダは、べつの木箱をあけた。マクドは奥のトラックのほうへ走っていって、おなじ起爆装置を持ってすぐに戻ってきた。

「起爆装置は、トラック一台に一個しかないんだな」エディーがいった。

「残念ね」あいたままのクラムシェルドアから、ぐんぐん近づいている青島級エアクッション艇四艘のほうを見て、リンダがいった。「ダイナマイトの木箱を落とせば、爆雷の代わりになるのに。もう弾薬が残りすくない」

「おれもだ」マクドがいった。

「それは名案だ」エディーがいった。追ってくるエアクッション艇のほうを覗きながら、リズムをとるような感じでうなずいた。

「どういう意味?」リンダがきいた。「なにをやるの?」

「わかった。これをやるんだな」リンクがトラックの運転席に乗り、エンジンをかけた。

「やつらは七秒遅れでついてくる」エディーはいった。「それに加えて、安全のために十秒プラスする」

キーパッドを叩き、十七秒後に起爆するようタイマーを設定した。

リンクが、三人を乗せたまま、車両甲板の最後部までトラックをバックさせたので、リンダは悟った。

「トラック一台をまるごと爆雷にするのね」

「回転があがりすぎないように右舷プロペラのトリムを調整しろ」パーソンズが、

〈マーシュ・フライヤー〉の操縦士席からいった。負傷していない左手で操縦輪（ハンドル型の操縦桿）を握っていた。

　カブリーヨはその指示に従い、沼地の木立《こだち》のあいだの通路で脇にそれそうになっていた巨大なホヴァークラフトが適切な針路に戻された。

「よくやった」パーソンズがいった。「才能があるぞ」

「カーソルを動かしてクリックするだけだ」

　両手が使えて、この半分の速力で航走していても、〈マーシュ・フライヤー〉の操縦はかなり難しいにちがいない。右手に弾丸で穴があき、フルスロットルで航走しているので、スピンして制御不能にならないようにするには、カブリーヨの手助けが必要だった。

　カブリーヨは衛星携帯電話を出して、オレゴン号を呼び出した。マックスに接続された。「どこにいる？　〈マーシュ・フライヤー〉はまだ見えないが」

「じきに見える」カブリーヨはいった。「そっちはもうヌランベイの埠頭《ふとう》を離れたんだろうな」

「予定どおりに」

「よし。われわれは戦闘状態で行くから、敵部隊を迎え撃つ用意をしてくれ」

「了解した」

〈フライヤー〉の改造されたコクピットには、船体の四隅に設置されたカメラの画像を映し出すスクリーンがあり、背後で工場の残骸から噴きあがっているキノコ雲のような煙も含めて、周囲を見ることができた。カブリーヨはパーソンズの操縦を手伝いながら、チームの目の役割も果たさなければならなかった。

カブリーヨは車両甲板の画像も捉えていて、銃撃戦の一部始終を見届けていた。リンクがトラックの運転席に座って、ホヴァークラフトの船尾に向けてバックさせていた。マクドとリンダが、その左右にいた。エディーの姿は見えない。

「うしろから青島級エアクッション艇が四艘、接近してくる」カブリーヨはいった。「見えているか?」

「名案があるんです」エディーがいった。

先頭のエアクッション艇の警備員が、軽対戦車榴弾発射器《RPG》を肩に担いでいた。リンダとマクドが何発か放ったが、エアクッション艇の操縦士がジグザグに航走して銃弾をよけた。

「やつらにはRPGがある」カブリーヨはいった。「なにを計画しているにせよ、いますぐやれ」

エディーが姿を現わし、手をふって合図した。リンクが運転席から跳び出し、トラックが後退しはじめ、全員で押した。トラックが車両甲板の縁から落ちて、裏返しになって沼に落ちた。

「爆雷投下」エディーがいった。

エアクッション艇はなんなくトラックをよけて、RPGを構えた警備員が狙いをつけた。擲弾《てきだん》が発射されると同時に、トラックが激しい爆発を起こした。エアクッション艇のだいぶうしろだったので、損害をあたえることはできなかったが、RPGの狙いがそれた。

擲弾は車両甲板に突っ込まないで、上のほうへ飛んでいった。最初は完全にはずれたと、カブリーヨは思ったが、右舷後部プロペラに命中した。ちぎれたブレードが、空に飛んでいった。

パイロンの付け根が燃えあがり、〈マーシュ・フライヤー〉はたちまち右に曲がりはじめ、密生した林に突っ込みそうになった。

パーソンズが操縦輪を力いっぱいまわして、もとの針路に戻した。

「左機関の出力を落とせ」傷ついている右手で、カブリーヨの膝近くのレバーを指差した。カブリーヨがそのスロットルレバーを引くと、エンジンの出力が下がり、左プロペラの回転が落ちて、右側の推力低下が埋め合わされた。

パーソンズは、ホヴァークラフトをどうにか直進させることができるようになったが、速力が半分に落ちていた。

「火災を消せるか？」カブリーヨはきいた。

「それには機関を停止させなきゃならない」

べつのエアクッション艇で、警備員がRPGを発射する準備をしていた。

二台目のトラックが、船尾へ向かっていた。こんどは車首をクラムシェルドアの開口部に向けていた。タイヤが鳴り、リンクが運転席から横向きに跳びおりた。

トラックは沼に落ちると同時に爆発した。エアクッション艇二艘が、爆発の前によけて通ったが、今回はさほど離れていなかったので、空に向けて吹っ飛ばされた。一艘はRPGに誘爆し、空中で爆発した。もう一艘は沼の上で横転しながら離れていった。

「湾だ」パーソンズがいった。海に近づくにつれて、沼地がとぎれはじめた。

エアクッション艇の最後の二艘は、操縦手が教訓を学んだと見えて、大きく迂回して、〈マーシュ・フライヤー〉の側面にまわった。スカートが損傷したら、勝負は終わりだ。巨大なホヴァークラフトは水面で動けなくなる。ダイナマイトを積んだトラックが一台残っているが、エアクッション艇の行く手に投下できなかったら、なんの役にも立たない。

「これをスピンさせることができるか？」カブリーヨはパーソンズにきいた。

「正気か？」パーソンズがいった。「操縦するのもやっとなのに」

「RPGでバラバラに吹っ飛ばされたら、ここで悠長に座っていることもできなくなる。スピンさせることができるか？」

「一度ぐらいは。どうして？」

「〈フライヤー〉を投石器《ぱちんこ》に変えるためだ」

ポークは、高度二〇〇〇フィートから見ていた。〈マーシュ・フライヤー〉は、ヌランベイに向けて湾にはいったところで炎上したが、まだ進んでいた。ポークの部下がとっくに破壊していたはずなのに、攻撃がずさんだった。ポークは部下に、ホヴァークラフトをうしろから追うのではなく、横から撃てと指示した。スカートがエアクッションを維持できなくなったら、生き残りの警備員たちがホヴァークラフトを沈没させ、海に跳び込んだものを皆殺しにできる。そのあと、空港で落ち合い、ジェット機に乗り換えて〈マローダー〉と合流すればいい。

青島級エアクッション艇一艘が、傷ついた〈フライヤー〉と速力を合わせて並行し、RPGを持った男がターゲットに狙いをつけた。命中させるのは、いとも簡単に見えた。

だが、〈フライヤー〉のプロペラが向きを変えて、巨大なホヴァークラフトが軸を中心にして、水平に旋回しはじめたので、ポークは愕然とした。船尾が青島級エアクッション艇に向いたとき、遠心力でなにかが船外に投げ出された。前の二台とおなじようにダイナマイトを積んだトラックだと、ポークは気づいた。

トラックが水飛沫《しぶき》をあげて水面に落ち、爆発するまで、ポークもエアクッション艇の操縦士も、どうすることもできなかった。水柱が高々と噴きあがって、小さなエアクッション艇をバラバラにして、〈マーシュ・フライヤー〉に大きな損害をあたえた。

船尾のスカートがずたずたにちぎれ、〈マーシュ・フライヤー〉は船首を水面に突っ込んだ。てっぺんのプロペラはまわりつづけたが、もうどこへも行けない。すでに傾きはじめていた。浮力タンクに穴があいたにちがいない。長くは浮いていられないはずだ。

ポークは、最後のエアクッション艇に無線で命じた。

「ひとりも生き残らないようにしろ」

低い雨雲が流れてきたので、ポークはもう観察をつづけられなくなったが、部下が仕事を最後までやるのを確認したかった。

ホヴァークラフトにずっと注意を集中していたので、機体を傾けてもう一度航過するまで、一隻の船が湾にはいってきたことに気づかなかった。ふつうの在来貨物船に見えたが、まるでスピードボートのように、巨大な航跡を曳《ひ》いていた。

そのとき、不可解なことが起きた。船のデリックポストが分解したように見え、なにかの装置が現われた。その装置が回転してエアクッション艇に向けられたとき、六銃身を二連装したガットリング機関砲だとポークは見分けた。

砲弾の奔流がほとばしり、小さなエアクッション艇は瞬時に消滅した。

つぎの瞬間、一艘のボートがその船の舷側にある穴から高速で発進した。

〈マーシュ・フライヤー〉救援に駆け付けたのが何者であるにせよ、ポークのヘリコプターが攻撃に関わっていることにすぐさま気づくにちがいない。ポークはヘリコプターを急旋回させ、近くの厚い雲のなかに隠れた。

空港に向けて飛びつづけるあいだに、ヘリコプターが到着したらただちに離陸できるよう準備しておけと、ポークはジェット機の機長に命じた。それから、エイプリルに電話をかけた。

「どうだった？」エイプリルがきいた。「もう出発したの？」

「空港に向かってるところだが、でかい問題が起きた」いましがた目撃した大失態に怒り狂って、ポークはいった。「われわれの作戦が暴かれた」

「暴かれた？　だれに？」

「それがわからないことが問題なんだ、おまえ」

33

ボブ・パーソンズは、片手を撃たれているにもかかわらず、いっさい手を借りずに、オレゴン号の複合艇《RHIB》に乗り移った。沈みかけている〈マーシュ・フライヤー〉の上から、楽々とRHIBの舷縁《ガンネル》をまたいだ。マクド、リンダ、エディー、リンクがすぐあとにつづき、最後にカブリーヨが乗り込んだ。レイヴンの操縦でオレゴン号に戻るあいだに、巨大なホヴァークラフトは派手な水飛沫をあげて裏返しになり、海中に姿を消した。

パーソンズは、〈フライヤー〉にきびきびと敬礼してから、オレゴン号のデリックポストの覆いがもとに戻って、カシュタン・ガットリング機関砲を隠すのを眺めた。RHIBが舷側の開口部から艇庫にはいると、興味津々であたりを眺めた。艇庫は喫《きっ》水線《すいせん》にあり、〈ゾディアック〉膨張式ボート、ジェットスキー、いま彼らが乗っている特殊作戦用RHIBなど、各種の小型水上艇が格納されていた。

「アメリカ海軍の艦艇ならよく知ってる」パーソンズがいった。「そのうちの一隻じゃないな。いってみれば、Qシップだろう」

Qシップは不定期貨物船に偽装した戦闘艦で、第二次世界大戦中にたびたびUボートに対して使用された。囮《おとり》になってUボートをおびき寄せて浮上させ（Uボートは商船を見つけると、魚雷を節約するために浮上して砲撃することが多かった。また、水上発射もたびたび行なわれた）、無防備な状態のUボートを隠蔽した兵器で撃沈した。

「これはオレゴン号だ」カブリーヨはいった。「わたしが船長だ。あんたがすでに見たように、いくつか奥の手を隠している」

「アメリカ政府のために働いているのか？」

「ほとんどそうだ。しかし、この仕事はもっと個人的な問題でね。あんたの雇い主が、わたしの乗組員を負傷させた。その理由を突き止めようとしている」

「やつらがおれを殺すと、どうしてわかった？」

「わかったわけではない。たまたま、ちょうどいいときに、ちょうどいいところにいて、片手を貸しただけだ。いいかたは悪いが」

「いいんだよ」パーソンズがくすくす笑った。「あんたたちがいなかったら、おれは工場の残骸の一部になってたはずだ」

「あそこでなにが行なわれていたか、知っているか？」

「教えてあげられればいいんだがね。やつらは厳重に秘密を守ってた。しかし、従業員何人かの話から、いくつか気づいたことがある」

「たとえばどんなことだ?」

「おれは大量の過塩素酸アンモニウムを工場に運んでた。ちょっと調べたんだ。おもにロケットの推進剤に使われる」

「量は?」

「わからないが、大量だ」

「ほかには?」

パーソンズが肩をすくめた。「あそこで働いてた人間のなかに、何人か生化学者がいたが、それがロケットとどう関係があるのか、おれにはわからない」

「雇い主は何者だ?」

「ミラーと名乗ってたが、本名じゃない。そいつがおれを消そうとした。女房か恋人といっしょにやってるが、彼女の名前も知らない。あんたとおなじように船長だと思う」

「どうして?」

「トリマランの乗組員に命令するのを見た」

「トリマラン?」カブリーヨは携帯電話を出して、ケヴィンがシルヴィア・チャァンに聞いた特徴をもとに描いた男女ふたりの人相書のスクリーンショットを見せた。〈ナマカ〉が攻撃されたときに、シルヴィアはそのふたりを見ている。

「この男女か?」

それを見て、パーソンズの表情が険《けわ》しくなった。「一〇〇パーセントまちがいない。こいつらは何者だ?」

「負傷した乗組員の妹が、こいつらと遭遇《そうぐう》して、あんたよりもずっとひどい目に遭った。われわれが見つけられる写真データベースと照合するのに、すこし時間がかかったが、オーストラリアの刑務所関連のデータでようやく突き止めた。名前はアンガス・ポークとエイプリル・チンだ」

「前科者なんだな?」

カブリーヨはうなずいた。「このふたりは結婚していて、一年以上前に出所した。ポークは元特殊部隊員、チンは元オーストラリア海軍将校だ。違法な情報収集で有罪になった。彼らの犯行に気づいた人間ふたりを殺害した容疑でも捜査されていたが、告訴できるだけの証拠がなかった」

「それで、あんな辺鄙なところで工場を動かしていた理由は?」

「はっきりとはわかっていないが、ポート・クックの事件に関係があるとわれわれは考えている。どうやら事故ではなく攻撃だったようだ」

パーソンズがうなずいた。「六百人ほどが麻痺を起こしたと聞いている。つまり、おれもその片棒を担いでいたかもしれないんだな？」

「それと知らずに」

レイヴンがＲＨＩＢを艇庫の奥に入れ、医療キットを持ったジュリアがそこで待っていた。

「わたしはドクター・ハックスリーです、パーソンズ准尉」乗降台にあがりながら、ジュリアがいった。「その手をちょっと見せてちょうだい」

「助かります」パーソンズは眉をひそめたままで無意識にいった。なにも知らないでポークとチンの計画に関わったことが、まだ気になっていた。

全員がＲＨＩＢからおりて、艇庫の扉がうしろで閉まると、ジュリアは血まみれの包帯をはずして、傷を診た。

「きれいに貫通しているようね」ジュリアはいった。「肉が多いところに当たって、腱《けん》は傷ついていない。医務室へ行って、縫合しましょう」

「待ってくれ」パーソンズはジュリアにそういって、カブリーヨのほうを向いた。

「そいつらを追討するつもりなら、おれも加わりたい。手を貸してくれそうな知り合いが、オーストラリアに何人もいるし、おれにもかなりの技倆があるのを見ただろう。おれになにができるか、いってくれるだけでいい」

「あんたの手を借りることになるかもしれない」カブリーヨはいった。「もっとも重要なのは、やつらが貨物を積み込んだ最後の船のことだ。〈シェパートン〉という船名だといっていたな？」

パーソンズがうなずいた。「積み込むのに二日かかった。トラック二十数台分の貨物だ」

「目的地はわかるか？」

「まったくわからない。わかればいいんだが」

「わかった。われわれが見つける」

「これはいったいどういうことなんだと思う？」

カブリーヨは首をふった。「いまは見当もつかない。だが、突き止めるまで徹底的にやる」

ジュリアが、パーソンズに付き添って医務室へ行き、カブリーヨは艇庫を出ながらマックスに電話をかけた。

「わたしは船室へ行ってシャワーを浴び、着替える」カブリーヨはいった。「そのあと、オプ・センターであんたと会おう。〈シェパートン〉は見つけたか？」

「ヴェセルトラッカー（AIS［自動船舶追跡装置］などを使用して船舶の位置情報その他を提供する会社）のウェブサイトに登録されてる情報では、ジャカルタに向かってることになってるが、出発地はブリズベンだと書いてある。ヌランベイではない。AIS送受信機《トランスポンダー》のデータによれば、〈シェパートン〉はいまダーウィンの真北にいる」

「記録を改竄《かいざん》したにちがいない。ポークとチンは、何者かに調べられていると気づいたはずだから、船の行き先をごまかそうとするだろう。〈シェパートン〉を海上で邀《よう》撃《げき》して積荷を奪うのが、やつらを阻止する最善策だ。〈シェパートン〉との距離は？」

「いまの速力でだらだら進むようなら、十二時間で追いつく」

「だとすると真夜中だな」カブリーヨはいった。「完璧だ。最大速力で針路を定めてくれ。また装備をつける前にチームに食事と睡眠をとらせるよう、エディーに指示してくれ。今夜、もう一度任務をやることになりそうだ」

34

オレゴン号の会議室はかなり広いので、シルヴィア・チャァンとエリック・ストーンがプリントアウトをひろげて、ノートパソコンで作業する場所がじゅうぶんにあった。壁の巨大スクリーンに映っている日没の光景は、画像が非常に鮮明で、ピクチャーウィンドウから外を見ているようだった。朝のうち、シルヴィアはそれで、〈マーシュ・フライヤー〉が沈没するのを特等席の観客のように見ていた。いま、シルヴィアとエリックは協力して、エディー・センが持ち帰ったコンピューター・ファイルを解読しようとしていた。

「わたしの頭がいかれてないっていうのを、みんながわかってるのがうれしい」

「きみの頭がいかれてるなんて、だれも思わないよ」となりに座っていたエリックがいった。

「起きたことの証拠がなにもなかったけど、ボブ・パーソンズのおかげで、わたしの話がほんとうだとわかってもらえた。トリマランの攻撃そのものが自分の幻想かもしれないと思いはじめていたの」

「ぼくはきみを疑ってなかったよ。きみは頭がよくて機転がきくから、あんな話をでっちあげるわけがない。いまだに感心するんだけど、自分の船が沈んだときに、よく生き延びられたね。長い距離を泳いで、すぐに〈エンピリック〉の生存者の世話をするっていうのは、すごく感動的だよ」

シルヴィアは、エリックの手に手を重ねた。「やさしいのね。こうしてあなたと親しくなってよかった。マークもつらいでしょうけど、この船にあなたみたいな友だちがいるとわかってほっとした」

エリックが目を伏せて、顔を真っ赤にしたが、手はひっこめなかった。

「ぼくも、彼のためにきみがいてくれてうれしい。それに、きみがいなかったら、こんなにたくさんのファイルを解読できなかったよ」

「とにかく、マークに役立ちそうなものが見つかったわね」

「車椅子から離れられないのは嫌だろうね。治ったら甲板に新しいスケートパークをこしらえるって、もう約束したんだ」

「マークはここでスケートボードをやるの？」

エリックはうなずいた。「クリスマスプレゼントに、もう新しいボードを買ってあるんだ。でも、いま渡すのはまずいよね」

シルヴィアは、エリックの手を握りしめた。「きっとよろこぶわ。希望が持てるようになると思う」

会議室のドアがあき、ジュリアがはいってきた。車椅子に座ったマーフィーがつづいていた。エリックは、シルヴィアの手の下から、さっと手を抜いた。

「検査はどうでしたか？」シルヴィアはきいた。

「変わりなし」ジュリアがいった。「状態は安定しているわ」

「その安定っていうのが、ひどいんだけどね」マーフィーが、音声合成装置でいった。

「きみたち、なにしてるんだ？」

「沼地のコンピューターからダウンロードしたファイルを調べてる」エリックがそわそわした口調でまくしたてた。「べつに変わったことはないよ。ほかになにをするっていうんだ。ぼくがここに座ってるのは、ふたりが近くにいたほうが、仕事がやりやすいからだよ。ふたりでおたがいのタブレットのスクリーンが見られる。そうでなかったら、テーブルの向こうにいるよ」

「なんだ、それを気にしてたのか？」マーフィーがいった。「最新情報はなにかってきいただけなのに」

「まだぜんぶ解読してないのよ」シルヴィアがいった。「ダウンロードされたファイルの一部が上書きされたりしてて、かなり乱雑だから」

「でも、麻痺ガスに関して、役に立ちそうなことを見つけた」エリックがいった。「〝エネルウム〟って呼ばれてる。クラゲの毒からこしらえるらしい」

「クラゲの種《しゅ》もわかったのよ」シルヴィアがいった。「オーストラリアウンバチクラゲ。海のスズメバチ《シー・ワスプ》と呼ばれる希少種で、通常は深海に生息してるけど、ときどき繁殖のために水面にあがってくる。

おもに外洋にいるから、ふつうは人間にとって危険ではない。でも、二十三年前にインドネシアで嵐があって、数千匹が孤島に打ち寄せられたっていう記事を見つけた。その強風の一週間後に、漁船に乗ってた漁師が発見された。六人が脱水のために死んでた」

「脱水？」ジュリアがきいた。「毒ではなく？」

「皮膚に刺胞と呼ばれる毒針は残ってなかった」シルヴィアはいった。「どうして死んだのか、謎だった」

「ウンバチクラゲは腐るときにガスを出すらしい」エリックがいった。「それに麻痺させる効果がある」

「なんて恐ろしい」ジュリアがいった。

「つまり、漁師は動けなくなって、渇きのために死ぬまで横になってたのか」マーフィーがいった。

「そのようね」シルヴィアはいった。「〝エネルウム〟は、そのガスを兵器化したものらしい。でも、いい報せもあるのよ」

「それを先にいってほしかった」音声合成装置は、シルヴィアがよく知っているマーフィーの短気をみごとに再現していた。

「解毒剤がある」シルヴィアはいった。「彼らがやった解毒剤の試験に関する書類をいっぱい見つけた」

それを聞いて、ジュリアが背すじをのばした。「製法はわかったの？」

エリックがうなずき、数枚のプリントアウトを差し出した。

ジュリアは、すばやくそれを見た。

長い間のあとで、マーフィーがきいた。「それで、作れるのか？」

「製法が完全なら」ジュリアはいった。「製造過程を再現するのに必要なものはすべてあるけれど、ひとつの化学成分だけがない。ここにはヌクソレムと書いてあるだけなのよ」

「ヌクソレム?」エリックがいった。「エンジンオイルの商標名みたいだ」

「わたしのラテン語の知識が正しければ、〝ナッツオイル〟の意味よ。どういうナッツかを知る必要がある。体が麻痺している六百人用の解毒剤を製造するのにじゅうぶんな量も必要になる」

「ぼくたちが見つけたファイルには、そのナッツの特徴を書いたものがなかった」エリックはいった。

「でも、まだ探してるところよ」シルヴィアはいった。「役に立つものが、きっと見つかると思う」

ジュリアが立ちあがった。「医務室に戻って、製造システムの組み立てをはじめるわ。謎のナッツが供給されたらすぐに解毒剤を大量生産する」

エリックが急に立ちあがった。「ぼくもいっしょに行く。立ちあげるのに必要な情報が、ほかにもあるんだ。じかに教えたほうが早い」

シルヴィアにかすかにうなずいてから、エリックはジュリアといっしょに出ていった。

「あいつ、おかしな態度だな」マーフィーがいった。

「すてきだと思うけど」シルヴィアがいった。

「すてきって、どういうことだ？」

「わたしの仕事では、知的でかわいい若い男には、めったに会わないのよ」

マーフィーが、シルヴィアを睨みつけた。「あいつはおれの親友なんだぞ」

「それに、大人でしょう。わたしもよ」

「おれのかわいい妹だ」

「なにがいいたいの？」

マーフィーは、溜息をついた。「これ以上、最悪になるなんて、思ってなかった」

「彼をどうこうしようといってるんじゃないのよ。でも、そうしても……」

「ラ・ラ・ラ・ラ・ラ・ラ。もう聞かないぞ。おれの手を持って耳を押さえてくれ」

「落ち着いて。なにかあってもいわないから。いいでしょう？」

「エリックと話をしたほうがよさそうだ」

「やめてよ。そんなに大きな問題なら、いまわたしに教えて」

「わかったよ」マーフィーがすこしためらってからいった。「でも、おれはなにも知りたくない。あとのデータの解読を手伝ってくれ。これでも役に立つんだから」

「歓迎するわ」

急いでジュリアといっしょに出ていったときのエリックの態度が変だったほんとうの理由を、シルヴィアはいわなかった。エリックは、シルヴィアといっしょに発見したべつのかんばしくない情報を、ジュリアに教える必要があったのだ。その情報をマーフィーに知られてはならない。

ファイルにある実験結果の研究によれば、一週間以内に解毒剤をマーフィーに投与しなかったら、一生いまの状態のままになる。

（上巻終わり）

◉訳者紹介　伏見威蕃（ふしみ いわん）
翻訳家。早稲田大学商学部卒。訳書に、カッスラー『悪の分身船(ドッペルゲンガー)を撃て！』、クランシー『復讐の大地』(以上、扶桑社ミステリー)、グリーニー『暗殺者の悔恨』(早川書房)、ウッドワード『RAGE 怒り』(日本経済新聞出版)他。

亡国の戦闘艦〈マローダー〉を撃破せよ!（上）

発行日　2021年5月10日　初版第1刷発行

著　者　クライブ・カッスラー＆ボイド・モリソン
訳　者　伏見威蕃

発行者　久保田榮一
発行所　株式会社 扶桑社

〒105-8070
東京都港区芝浦1-1-1　浜松町ビルディング
電話　03-6368-8870(編集)
　　　03-6368-8891(郵便室)
www.fusosha.co.jp

印刷・製本　図書印刷株式会社

ISBN 978-4-594-08780-7　C0197

扶桑社海外文庫

マヤの古代都市を探せ！（上・下）

C・カッスラー＆T・ペリー　棚橋志行／訳　本体価格各680円

世界各地で古代史の謎に挑むトレジャーハンター、ファーゴ夫妻の大活躍。稀少な古文書の発見に始まる、マヤ文明の古代遺跡をめぐる虚々実々の大争奪戦！

トルテカ神の聖宝を発見せよ！（上・下）

C・カッスラー＆R・ブレイク　棚橋志行／訳　本体価格各680円

北極圏の氷の下から発見された中世の北欧ヴァイキング船。その積荷はアステカやマヤなど中米の滅んだ文明の遺品だった！　ファーゴ夫妻が歴史の謎に迫る。

ソロモン海底都市の呪いを解け！（上・下）

C・カッスラー＆R・ブレイク　棚橋志行／訳　本体価格各780円

ソロモン諸島沖で海底遺跡が発見されファーゴ夫妻が調査を開始するが、島では不穏な事態が頻発。二人は巨人族の呪いを解き秘められた財宝を探し出せるか？

英国王の暗号円盤を解読せよ！（上・下）

C・カッスラー＆R・バーセル　棚橋志行／訳　本体価格各830円

古書に隠された財宝の地図とそのありかを示す暗号。ファーゴ夫妻は英国王ジョンの秘宝をめぐって、海賊の末裔である謎の敵と激しい争奪戦を展開することに。

＊この価格に消費税が入ります。